中国书籍文学馆·微小说卷

珠子的舞蹈

谢志强 著

中国书籍出版社
China Book Press

图书在版编目（CIP）数据

珠子的舞蹈/谢志强著.—北京：中国书籍出版社，2013.7
ISBN 978-7-5068-3542-8

Ⅰ.①珠… Ⅱ.①谢… Ⅲ.①小小说—小说集—中国—当代 Ⅳ.①I247.8

中国版本图书馆CIP数据核字（2013）第121753号

珠子的舞蹈

谢志强　著

策划编辑	武　斌　陈　武
责任编辑	牛　超
责任印制	孙马飞　马　芝
出版发行	中国书籍出版社
地　　址	北京市丰台区三路居路97号（邮编：100073）
电　　话	（010）52257143（总编室）（010）52257153（发行部）
电子邮箱	chinabp@vip.sina.com
经　　销	全国新华书店
印　　刷	北京中华儿女印刷厂
开　　本	640毫米×960毫米 1/16
字　　数	200千字
印　　张	12
版　　次	2013年9月第1版　2019年4月第2次印刷
书　　号	ISBN 978-7-5068-3542-8
定　　价	36.00元

版权所有　翻印必究

总　序

记得日本当代小说家阿刀田高把微小说比喻为"有礼貌"的体裁。大致意思是，读一篇优秀的微小说，在没有花费多少时间的情况下，能让读者会心一笑，或别有感触，那这篇作品就很有礼貌了。如果你花费几天甚至个把星期，读一部庸俗的长篇，恐怕就难免会为时间的浪费而感到愤懑。

我很欣赏阿刀田高的话，在读过他的四册一套的《黑色回廊》后，更觉得他是一个"有礼貌"的天才微篇小说大师。

目前，微小说越来越受到读者的追捧，主要原因，就是一个"短"字。短，是微小说最大的优势和特色，读者在有限的时间内，欣赏到一篇有趣的文学作品，那种愉悦和欣喜，就像喝一杯雨前龙井新芽，而且用的也是龙井泉水，入口浓香，直透肺腑，回味悠长。

但是，老实说，我对现在的微小说现状，并不甚满意，从大趋势来讲，和二十多年前相比没有什么发展，不仅形式上，就是创作技巧和思想深度方面，也鲜有突破，而且也看不出有突破的迹象。更让人忧虑的是，一些以微小说成名的作家，其作品不但迎合了报纸的需求和市场的需要，变得毫无个性和特质，还给后来者造成一种误读和假象，以为微小说就是这种模式，进而变得不思进取，不求创新，不求突破，追求的仅仅是一篇篇在各类晚报（生活类报纸）和故事类杂志的亮相，以篇数来自慰，以此在微小说界"擦亮"自己的名字,成为微小说"大家",然后再沾沾自喜地包装几本作品集,就可以游刃有余"混迹"江湖了。

我个人觉得,微小说是一种特殊的文体(尽管有人说,微小说不是小说,就像"白马非马"的理论一样)。所谓特殊,一来它要具有小说的特性,二来,在篇幅上有所限制。正是这种特殊的属性,才阻碍了微小说的发展。众所周知,微小说的主要园地,是各类报纸的副刊,而副刊是不愿意发表三千字以上小说作品的,怎么办?作家们只好削足适履,把作品压了再压,最后弄成干巴巴的小段子,或抖个包袱,或告诉一个蹩脚的"道理",让人读后哭笑不得。可悲的是,大部分作者认为这就是微小说的"经典",照模式进行"流水"作业。多年来,微小说,就是这样走过来的。

微小说市场之所以存在而且日益扩大,有许多大家心知肚明的原因,在此我不想多说。但作为微篇的小说写作者,如果一味地跟着市场转,以某篇作品作为高考试题或得个副刊的什么奖为荣,那就是悲剧了。以我接触这类副刊多年的经验,可以不客气地说,各种晚报副刊上的微小说,大都是不成熟的,或称不上是"小说"的,更谈不上福克纳所说的"我管什么读者。我引导读者"。一个好的微小说作家,他应该在遇到一个微小问题时,可以无限放大,可以敏锐地感觉到,头上被一片树叶砸中了,多年后,还会有疼痛感;而把文学意趣传递给读者的,也应该是这样的疼痛。疼痛才是经验。

鉴于此,我们推出了一套"中国书籍文学馆·微小说卷",入选的作者,在中国微小说界都是颇有建树的名家,他们的作品,特色鲜明,个性突出,一直以来,都深受读者的喜爱。希望他们的作品,能够换起广大读者对微小说的信心。

编 者

目 录

第一辑·西部往事

雪山哨卡的小草 / 003

鹅 / 006

赌　气 / 010

换　鞋 / 016

马尾掸子 / 020

戈壁花 / 024

一片白云 / 028

黄羊泉 / 031

铺　路 / 035

呼　唤 / 038

榔头的地图 / 041

讲　究 / 045

峡　谷 / 050

火狐事件 / 054

蜜　蜂 / 057

世界上最大的鸟巢 / 061

我头顶那一盏灯 / 065

大名鼎鼎的越狱犯哈雷 / 068

珠子的舞蹈 / 072

失　眼 / 076

会唱歌的果实 / 079

过冰达坂 / 083

左撇子 / 088

客　串 / 091

寻找那棵胡杨树 / 094

001

第二辑 · 江南奇遇

纪念一个孩子 / 099

启蒙教育 / 103

鼓掌的权力 / 108

女模肚里有条虫 / 112

桃　花 / 116

提前草拟的悼词 / 119

会议生涯 / 123

消　失 / 126

追踪老房子 / 129

泥土！泥土 / 133

城市的鸟 / 136

享受错误 / 139

疯狂的旋转 / 142

杨　梅 / 145

一　夜 / 147

精　神 / 151

疾病表演者 / 155

牵线木偶 / 160

留言条 / 162

被偷换的躯体 / 166

羚羊寻父 / 171

陆地上的船长 / 175

哭　婆 / 178

一封家书 / 182

第一辑·西部往事

雪山哨卡的小草

战士李春林已在斯姆哈纳边防哨所驻守三个春天了。这个海拔3900米的"西陲第一哨",是我国最西部的哨所,哨卡的战士是中国最后送走太阳的人。哨卡建在雪线以上,终年白雪皑皑。驻地没有一棵树,没有一株草。

李春林唯有靠记忆中家乡的一点绿色来抵消哨卡无边的白色。第三个年头的挂历早已悬挂在营房墙壁上边,立春过后就是雨水,随后是惊蛰,接着是春分,他记忆中的树和草正泅出绿意。清明,他在梦里去了爷爷的坟头,整个坟墓顿时绿了,似乎爷爷咳嗽了一声,醒了。第二天,他终于憋不住了。

李春林来到指导员杨亲锁面前,一肚子话,却像噎着那样。他咬住嘴唇,脸上凝固着哀求。他实在张不开口。

指导员问:"小李,有啥事?你说。"

李春林像姑娘一样羞得脸泛红,说:"指导员,我想请个假。"

指导员问:"请假?啥急事?"

他说:"下山。"

指导员问:"下山有啥事?"

他又咬咬嘴唇,不知怎地,眼睛盈满了泪花。

指导员问:"碰到啥难事了?你说。有啥不好说的?"

他用手背抹掉泪花,说:"指导员,我爹给我起的名字是春天的树林。我上山有三年了,连一根绿草也没见过。快到谷雨了,我只想下山看看发芽的小草。"

指导员立刻想起了什么,一拍脑袋,说:"我以为只有我一个人在悄悄想呢。你稍等。"

李春林愣在那里。

不一会儿,指导员牵来一匹马,冲着营房里的李春林唤。

李春林应声出来,眼睛像阳光照耀着雪峰,又一次愣了,一脸傻乎乎的样子,嘴就咧出了笑。

指导员抚抚马鬃,指着马背上的干粮和草料,说:"你就骑马下山吧,代表我们哨卡的边防战士,看看山下发芽的小草。"

李春林振作起来,接过缰绳,敬了个标标准准的军礼,跃身上马。马儿踏着雪奔去,一路白雪飞溅。

太阳当空悬着,李春林渐渐闻到了草的气息,幽淡,却清新。不一会儿,一棵白杨树闯入了他的视野,他策马前去。到了树前,他迫不及待地跳下马,然后扑上去,紧紧搂住耸立的大白杨,像个受了莫大委屈的小孩,号啕大哭。

恰巧有赶着毛驴车的老人路过,走近前来问:"解放军,你有啥麻烦了?要我帮帮你吗?"

李春林止住了哭,先是自我介绍,说自己的名字是春天的树林,他终于接近了树,就像亲兄弟相逢。他说:"现在,我太高兴了。"

老人还是疑惑，手在空中一划，说："那边，树多得很嘛，到处都是你的兄弟嘛。"

李春林笑了，指指遥远的雪山，还竖起了三根指头，说："我在那上边当了三年兵，一点点绿色也没见过。"

老人乐了，说："哦，你就是在高高雪山守护我们这低低的绿地呀。你到我的葡萄园去吧，那里也有发芽的小草呢。"

李春林牵着马，像沙漠中的旅人遇到泉水一样，一会儿趴到路边的草丛中，把脸埋进去；一会儿蹲到草丛中，抓一把嫩绿的草，塞进挎包里。

老人任凭毛驴慢悠悠地走。毛驴还趁机在路旁叼一撮草，边嚼边走。

习惯了高山雪原的马，时不时地打着响鼻，似乎一时享受不了绿洲的气息。

太阳西斜的时候，李春林告别老人，挎包里装了一包陈年的草籽。

原刊：《山花》2010年第10期

入选：《小说选刊》2010年第10期

《小小说选刊》2011年第23期

《2011中国年度小小说》

获奖：2011—2012年度全国小小说优秀作品奖

鹅

我等到学生唱完一首歌后,就走上讲台,然后,全体学生起立,齐声说:"老师好!"

我说:"同学们好。"

我望着同学们端正地立着。想起春天我们植的树,在沙漠的边缘,一片小树一片沙枣树。我的目光落在最后一排的座位上,仿佛漏栽了一棵树苗。

然后,学生坐下;然后,我开始讲课。

学生翻书,肯定翻到的是我要讲的那篇课文,翻书的声音,像一阵风吹过树林,叶子哗啦哗啦响。然后,静下来,如同一阵风吹过去了。

于是,我听见教室的门外有什么响动,隐隐约约地响。我的目光落在最后一排的那张空课桌上,然后,我走下讲台,去打开门。

果然,刘彩霞立在门外,她已做出了受罚的姿态。低着头,齐耳短发,有点乱,可能来不及梳,或者,被风吹乱了。

一学生说:"喊报告。"

刘彩霞低声说:"报告。"

我说:"进来。"

另一个学生说:"罚站!迟到就罚站,屡教不改。"

这个词语造句,学生不约而同地放在刘彩霞的迟到上。

我说:"你先回座位。"

又一个学生说:"迟到上瘾了,不罚,革命群众坚决不答应。"

刘彩霞在一片呼声中走过,像挨过了批斗,坐到她那张课桌后。全班,都是两个学生一张课桌,没人愿意和她同桌,都说她身上有股怪气味,恶心。她的个头中等,但不得不安排她坐最后边。

我说:"注意力集中,现在开始上课。"

她的目光穿过前边同学身体之间的空隙寻找我的板书。下了课,我叫刘彩霞来办公室。我摘下她头发上的一根草屑,青青的草。她用脚在地上蹭,像要掘个洞,恨不得钻进去,只是不吭声。她频繁迟到,却不讲原因。

我说:"今天放学后,老师要去你家。"

她说:"老师,我们连队很远呢。"

傍晚,我走上通往刘彩霞所在连队的机耕路,路的一边是沙枣树林,一边是水稻地,风拂过一望无边的稻田,像泛着绿色的波浪。刘彩霞头发上的草屑,来自稻田吧?那是稗子草。她的衣服散发出清新但带点苦涩的草的气味,其中有苦苦菜的味道。

刘彩霞大概看见我了。她等候在院子门口,说:"老师好。"

我一进院子,就吓了一跳,一只鹅叼住我的裤腿。

她一声喝,说:"白雪,这是我的老师,你有眼无珠呀。"

有眼无珠是课文里的一个词语,她造过句:我们家的白雪有眼无珠。当时,我没弄明白,"白雪"是指一个人,还是动物?

我说:"这就是你造句里的角色呀。"

她提醒我:"老师,当心!"

我发现,院子里,简直像个动物园,鸡呀兔呀鹅呀,还有一只羊。地上有屎的痕迹,大概趁我来之前,她已清扫过了。

唯独没有养狗。我对狗有戒心,因为,有一回屁股挨了一口狗咬,不叫的狗更可怕。连队的家属院,各家各户几乎都养了一条狗。

我说:"没养狗吧?"

她说:"不用狗,有狗太热闹,鸡犬不宁。"

这个词语她也曾造过句。还是那个模式:我们家……

我的裤腿又被扯住了。又是鹅,不屈不挠。

她赶过来。鹅还是在几步远的地方冲着我昂起脖子做挑衅的姿态。

她说:"老师第一次来这儿,鹅总是欺生,它自不量力。"

又是造过句的词语。都运用到她这个院子里了。原来,这个院子里能造那么多句。

穿过喧闹的院子,我进了土坯屋子。床上躺着她的父亲——瘫痪了。而她的母亲已去世。她的父亲欲起身客气一下,却又坐不起。他说:"我这个大人,把这个小孩拖累住了,老师,让你操心了。"

一时间,我没话,我的语言遭遇这样的现实立刻贫乏了。我不断地点头,我不停地观察。

他咳嗽起来,像一口痰卡在喉咙,刘彩霞抬起父亲的脖子,又拍又抚父亲的背,然后,她倒了一杯水,慢慢给父亲喝。

他指指杯子。刘彩霞洗一个玻璃杯。

我说:"我不渴,不用倒了。"

又回到院子。那只鹅,脖子一伸一伸,

似乎不肯放过我。

刘彩霞说:"老师,这里都是食草动物。"

我说:"这只鹅挺能护院的嘛。"

刘彩霞说:"老师,你知道吗?鹅为什么不怕人?"

我看着这个小学六年级的女生,像大人,完全没有小女孩的天真(她在这个家连撒娇都不可能了),倒似她是个小老师进行提问。我像是回答不上来,说:"为什么不怕人?"

她说:"鹅的眼睛看人,把人缩小了,缩得比它自己还要小,它就以为自己伟大,所以,它不怕人。"

我说:"鹅的眼里,人就像小人国的小人了?怪不得鹅主动挑衅人呢。"

我们都笑了。我第一次看见刘彩霞笑,笑得回归到她的年龄。一个小女孩的笑。我难以想象,要是换个角度,自己仰视着鹅,像面对一个庞然大物,找个地方躲避。

第二天,刘彩霞差一点儿迟到,她有点气喘吁吁,一股田野的气息,好像风携带来了田野的气息。

我讲了刘彩霞的家庭情况。刘彩霞哭了。课堂里突然很静很静。

刘彩霞总是利用早晨上学途中,在田野里,在树林里,割了青草,或摘了沙枣,藏匿起来,放学后取回家。那以后,班里的同学,一个一个小组,分工、轮流,把青草或沙枣带到学校,交作业一样交给刘彩霞。

刘彩霞不再迟到了。而且,她的座位提到前边的第二排,有个同学提出跟她同桌。上课时,她的头,不用再左右来回移动寻找遮挡视线的空隙了。

原刊:《小说林》2012年第4期

入选:《小小说选刊》2012年第11期

《2012年中国年度小小说》

赌　气

四匹马拉一辆胶轮车,一前一后两辆。在沙漠里行了一天一夜,早晨,太阳给沙漠镀上了金色的辉煌。我惊喜地叫:"看,胡杨林?!"

老周睁开迷迷糊糊的眼,高高扬起鞭,在空中甩了三个响鞭,像放鞭炮,他说:"胡杨又扩大了一波。"

我是头一回进原始胡杨林。途中,老是兴奋地问。老周告诉我:"你看见过一棵孤独的胡杨树吗?"

"有胡杨树的地方,总是有一群(老周用"群",我用"片"),而且,一群中总有一棵最大的胡杨树。原始胡杨林的中央就有一棵古老的胡杨树,大得可以在上边睡觉。"老周说。

我问老周:"你在上边睡过吗?"

老周说:"我可没本事靠近它,原始胡杨林到底有多大?大得能让人迷路,整个原始胡杨林,可能就是由那棵古老的胡杨树生成,谁也说不出它的年纪,它的气根钻出沙地,长成第一轮胡杨树,第一轮胡杨树的气根又长出第二轮胡杨树,这么一轮一轮,像丢了一颗石子在海子里引起的水波（我说：是涟漪），一波一波，仍在一圈一圈地扩大。"

老周吆喝："吁——！"

我说："这是胡杨林的边边，再往里面走走嘛。"

老周说："往里边走，可能退不出来了，边边的木料够你取的了，牛身上随便拽一撮毛，就够装的了。"

一道干涸河湾，可以想象泛洪时的气势。湾里有一泓水。老周忙着卸辕。马打着响鼻。

老周每年春耕冬耕都进原始胡杨林。我负责烧饭。

宝生说："老周，我跟着你吧。"

老周说："到了这里，听我的还是听你的？还挑肥拣瘦？"

我知道，在连队里，宝生和闷葫芦有隔阂，双方谁也不尿谁。只是，闷葫芦不响，那脚似乎要往沙子里钻——他用鞋往沙子里拱。他有啥事都"闷"在心里。

宝生说："我跟他尿不到一个壶里。"

老周说："我偏偏要叫你俩往一个壶里尿，胡杨林大吧？我倒要看看你俩跟胡杨林咋相处。我提醒你们，现在到了胡杨林的地盘，你们揣着的别扭趁早丢在沙漠里，有意见去跟沙漠提，就这么定了。"

宝生歪歪脸，无可奈何地看看我。闷葫芦抓起斧头，那脚像在沙地上拖，一副不情愿的样子。

大腿粗细的胡杨树，像插在沙地上那样。要是他们不动，倒也像坚守岗位的哨兵。两人一组，分头朝相反的方向走。老周叮嘱过，一组两个人，相隔百把米，并行前进，隔半个钟头相互要一呼一应。

宝生和闷葫芦在连队照了面，像仇人一样，在胡杨林，他俩会按老周说的原始胡杨林原则行动吗？

我煮了一锅米饭，油炸萝卜干，再炒一个过冬的大白菜。到了这种地方，还能怎样讲究？

太阳悬在空中，沙地发烫。那升腾起来的热气，像要融化一棵一棵胡杨树。我时不时地舔舔嘴唇。舔着舔着就有了咸腥味——嘴唇干裂，泌出了血。眯缝着眼，阳光过于强烈，喘口气也热烘烘，简直要把人烤出油。

老周和小安归来。我预先凉了半桶开水。他俩抱着桶，只听水在喉咙里响。然后，老周问："那两个小子回来了吗？"

我望着宝生去的方向。一切都凝固似的静止不动。一个小点在挪动。我说："来了。"

那个小点，如同一粒沙子在膨胀，随后，像一棵胡杨树在移动。是宝生。

老周说："闷葫芦呢？"

宝生说："谁知道他葫芦里装什么药？"

老周说："两个人一起出去，应该一起回来，你俩别把连队里憋的气带到胡杨林里哦。咋回事，你说？"

宝生说："起先，我按你要求喊，他阴阳怪气地应，后来，我喊，他不应，反正我喊了，他不应是他的事，不应，我再喊，不是自找没趣吗？临返回，我又喊，他妈的连屁都不响一个，像棵死掉的胡杨树。"

老周拉下脸，说："我带领你们进来，难道是叫你们到胡杨林的地盘来赌气？给我去找回来！"

太阳西斜了——仿佛要坠入原始胡杨林的中央。三个影子在树林里晃动，宝生背着一个人，显然是闷葫芦。

老周把闷葫芦放在胶轮车的阴凉处，给闷葫芦灌了一碗水。闷葫芦睁开眼,像做了一个梦一样,疑惑地看着我们,他的视角里,我们的一张张脸背后是天空。万里无云。

老周扶起闷葫芦,说:"你给我走一走。"

闷葫芦费力地在他面前走了几步。

老周说:"算你运气好,立正!"

闷葫芦一愣,像风中的胡杨树一样,立着还打晃。

老周转脸对宝生说:"你也给我过来!"

宝生和闷葫芦面对面站定,俩人的脸扭开向着胡杨林。

老周说:"现在,我要你俩动手。"

宝生和闷葫芦看看老周,很纳闷。

老周说:"看我干啥?打呀,对打!不是憋着气吗?要是现在不打,可没机会了!"

宝生哀求地瞧瞧老周,闷葫芦的脚又在沙地上拱,好像要拱出一个洞往里藏。

老周上前,分别抓住两只手,往对方的身上捣。俩人把自己的手挣脱出老周的手。老周说:"你们不愿打,是男子汉,到此为止,把窝着的气都丢掉。"

宝生笑了。闷葫芦脸一阵红一阵白。

老周说:"还好笑?还不好意思?你们知不知道,你们跟谁赌气?你们相互赌气,其实,是在跟胡杨林赌气!"

宝生和闷葫芦同时看老周。

老周说:"我有什么好看的,我这张脸,连老婆也讨不上,是不是?你们要看胡杨林的脸色!你们算个屁哪!"

宝生和闷葫芦又看老周。

老周说:"别看我,看胡杨林,你们那点什么都不值的屁气,能赌得过胡杨林？一赌气，差点送了小命，是不是？"

闷葫芦的脸一阵红一阵白。

老周做个裁判暂停的手势，说："你俩不肯打，好吧，不打就言和，握手言和！你们的手是砍掉的椽子呀！"

他俩相互瞅瞅。

老周插进他俩中间，又捞起两只手，叠在一起，说："握手还要我教你们怎么握吗？握得太勉强，这么吧，你们向胡杨林道个歉。"

老周瞧着他俩面朝胡杨林，恭敬的样子，说："明天，你俩还是一个组砍椽子，告诉你们，进了胡杨林，就要懂这里的规矩，别赌气，什么气，到了这儿，屁也不如！谁想永远留在这儿，谁就尽管赌，看谁有能耐，赌得过胡杨林？！"

三天后，满载椽子的胶轮车离开了原始胡杨林。宝生已跟闷葫芦开起玩笑了。因为，他俩都喜欢一个姑娘，而那个姑娘恰好是我高中的女同学。

宝生说："我们背后不搞小动作，她选择谁就是谁！"

胶轮车在沙丘里绕来绕去。原始胡杨林渐渐远去，像陷入沙漠。可是，我觉得它们的波纹正在扩大——那些气根在沙漠的底下延伸，悄悄地拱出来，又是一群未来的胡杨林。

我和宝生并排坐在高高的椽子顶留出的一个"窝"里，随着车身的晃悠，我向即将消失在视野的胡杨树，模仿宝生和闷葫芦向胡杨林道歉的姿势。

宝生低声说："回到连队，别提胡杨林里发生的事情。"

我模仿他们在胡杨林伐椽子的应声，大声喊："哦——！"

可是，声音还是被沙漠吸收了，并没有我想象中那么洪亮。

我发现前边一辆胶轮车顶上的闷葫芦朝我们这边看。

紧随我的应声,宝生冲着闷葫芦那辆车呼:"唉——!"

原始胡杨林里,他俩应该是这样一呼一应吧?

原刊:《广西文学》2012年第8期

入选:《2012年中国微型小说年选》(中国小说学会)

换　鞋

我念高中时，每天出早操，跑完了步，郭校长就出现了。他来作早操总结。跑早操整个过程，都没见着他的影子，可是等我们列队完毕，一头汗像刚揭开的蒸笼时，郭校长就及时地站在我们前边了。

据说，郭校长是北大荒复员转业干部，他由北大荒的农场到新疆生产建设兵团的农场，完全是追他的爱人。当时，他看中了她，仅是单相思，他也不管不顾，追到了她所到的沙漠中的绿洲。

大概被他的执着感动了，何况都是东北人，后来她就嫁给了郭校长。

郭校长不懂教学业务，仅仅是挂个名。大概是军旅生涯中养成的习惯，他十分重视出早操，具体体现在早操结束前他还要作总结。他穿着一身黄色的军装，那是过去的军装，双肩还保留着可以扛肩章的布扣，而我们农场很流行草绿色的军装。

我疑惑：他到底有一套还是数套土黄色的军装？穿出来，似乎就是那固定的一套，穿也穿不破，色不褪，质不变，好像固定在某个过去的时间里。

郭校长的眼睛，永远像没睡醒的样子。他讲起话来，不紧不慢，拖腔拖调，东北口音很浓重。先是教职工中间，然后到学生，都流传着关于他的一个顺口溜：人老三无才，尿尿打湿鞋（念hái），刮风流眼泪，咳嗽屁出来。

郭校长行动迟缓，走起路来拖泥带水，真不敢相信他曾是个"雄赳赳，气昂昂"的军人，唯一的标志是他那套早操总结时必穿的过时的军装了。

郭校长作早操总结，基本的内容不变，不同的是数据和对象（哪个班级集合最迅速，哪个班级迟到几名等）。可他不在场，怎么能知道得那么清楚？肯定是领操的体育老师提供的情况，什么时候向他汇报的呢？看不出其中的奥妙。

冬天出早操，跑出一身一头汗，站着听总结时，那散发热气的汗会凝结成霜，好像我们突然老了——白胡子白眉毛白头发，倒是衬托出郭校长还年轻了。站久了，我们会以跺脚取暖的方式提醒郭校长加快总的进度，还故意夸张地模仿郭校长的咳嗽。但作总结时，郭校长绝对没一个咳嗽。他会用冰天雪地里艰苦战斗的例子来对我们进行革命传统教育，我们就不敢咳嗽了，因为咳嗽会拉长郭校长的话题。

那年冬天，我记得很牢，是高中二年级第二个学期的早操，奔跑队形成了站立队形，一个个脑袋正升腾着白纱般的热气。

郭校长从家的方向走进操场（他家在操场东边的那幢土坯房，外墙统一刷成土黄色），站在我们前面一声干咳，标志着早操总结的前奏。我在心里已提前讲起了他要讲的话。

那时候，太阳还没升起。但夜色已自觉地撤离，一切都明朗了，清晰了。一声呼喊打破了清晨的宁静。

循着声音,我们望见一个人——郭校长的妻子正向这边赶来,像有什么急事,还喊:"老郭,老郭——"

郭校长干咳刚停止,他扭过脸,等着妻子紧赶慢赶地过来。

近了,其妻说:"老郭,老郭呀。"

郭校长镇静地说:"什么事?早操结束后再说。"

这时,我发现其妻手里捏着一双布鞋。她蹲下,说:"抬起脚,换过来。"

郭校长嘀咕一句,说:"你也不分个场合?"

她脱去郭校长脚上的鞋,说:"你的脚就没感觉?"

郭校长欲弯腰去配合,却又挺胸昂首,似乎嫌她多事,说:"穿错了就穿错了,回去再改正不就行了嘛。"

我们捂着嘴,不敢笑出声。威严的郭校长一下子就有了可亲可爱的地方。他穿了妻子的鞋竟然毫无察觉。

郭校长重新干咳一声。我已无心替他打腹稿了。他妻子换走的是一双花布鞋面的鞋子。

我忘了寒冷,第一次耐心听完了郭校长的总结。其实。我是想观察郭校长,遗憾的是,他始终保持着威严、正经的样子。我们望着郭校长的妻子进了家——开门,关门。

总结完毕,领操的老师喊:"立正!稍息!解散!"

我们爆炸似的奔向食堂打早饭。进了食堂大厅,我们终于憋不住笑了。男生女生还现场进行模仿——换鞋。

不久,不知是郭校长的原话,还是有人编造,新的节目出现了,有人模仿着郭校长的口吻,说:穿了你的鞋,我觉得挺合脚的嘛。还有一段是:换了鞋,我感到你的鞋有点挤脚了。

可见，郭校长和妻子的脚长得还是很相像的。一张床，床前摆着两双差不多大小的鞋。管后勤的职工说："郭校长的老婆畏寒，特别是脚，郭校长总是提前钻进被窝，焐热了，他老婆再进被窝睡。"

原刊：《西湖》2011 年第 6 期

入选：《小小说选刊》2011 年第 10 期

《中学生阅读》（高中版）2011 年第 3 期

《中学生阅读 2011 年度佳作》

《教师博览》2011 年第 7 期

马尾掸子

现在，我想起塔克拉玛干沙漠边缘的那段生活，三次搬家，都跟马有关。

六岁之前的生活，一片空白，仿佛没过过那六年，而是直接进入六岁。六岁是我记忆的开端，准备离开托儿所和即将走进学校的年纪。

爸爸总是不在。他留给我的印象，背着个帆布包，一副上路的样子，临走，他那又粗又硬的长满胡茬的下巴，蹭蹭我的脸，我便躲闪。他一走就是一个礼拜。

那时，没有自行车，他步行去各个连队，给马匹钉掌。出门鼓鼓囊囊的包，回来，就瘪了。当然，还带回磨损了的铁马掌，他会送到团部副业队的铁铺，重新回炉。

我能闻到他身上浓重的马骚气味，那是马料、马粪、马汗混杂一起的气味。歇两天，那气味渐渐淡了，他又出门，似乎是特地重新熏染一下那气味。

我已习惯了爸爸不在的日子。可是，有一次，超过了一个礼拜，两个礼拜了，爸爸还没出现。他出现时，左臂已打了石膏绷带，纱布条绕着脖子，吊起左臂。

他铲马蹄时，马尥蹶子了，踢断了他的左腕。二级残废。

于是，我们第一次搬家。本来住在团部，搬到了三条林带（一条林带一千米长）外的十五连。爸爸饲养连队的马。当时，马匹是农场的主要生产工具（运输、耕地）。

爸爸不再出远门了。放学了，我常去马厩捉麻雀。我喜欢马厩的气息。有时，躺在爸爸的地铺上，能听见马嚼草料的声音。马槽前，爸爸跟马说话，批评一匹马挑食，或抢食。还指名道姓。爸爸给马起了名字，马熟悉自己的名字。有时，我叫"旋风"，那匹枣红马就会扬扬头，"唻唻"地应。

爸爸是个闷嘴葫芦，平时，不大跟别人说话，可他跟马说话，就像一个首长跟战士谈话。过去，他不沾酒，不知什么时候，他会喝两盅，特别是冬天，萝卜干当下酒菜，甚至大沙枣、杏干也行。我就分享其中的沙枣、杏干。

这时，爸爸就摆谱，讲他战争年代当首长的警卫员的事儿，他怎样照料首长的马，那时，他学会了钉马掌。有一次，他救了首长。大概向我证实救首长的真实性，他还撩起衣服，亮出肋骨的弹痕，还有头顶核桃大的空白（再也长不出头发了）。他告诉我，首长已经进北京了。爸爸竖起大拇指，意为那是个"大呼拉子"。后来，长大了，我在报纸、广播时不时地看到、听到那位首长的名字。

我念初一，又搬家了。连队有了拖拉机。马厩翻建成了车棚。爸爸得跟着马走。马匹集中到新组建的一个偏远连队——向沙漠进军，开垦新的土地。

搬家的时候，我发现了爸爸的帆布包。里边的铲刀（铲马蹄的）、榔头（精巧的怪形怪状）、钉子（有梭角、粗壮的马掌钉）、马掌（环形有钉眼），时间已悄悄地在它们身上留下了铁锈。爸爸粗暴地阻止了我丢弃帆布包的行为。他说："留下，给我。"

我看见巨浪一般的沙丘，仿佛它们随时会涌动。爸爸的话更少了。他默默地洗马，默默地添料，默默地除圈，默默地扎草。仿佛他即将率领马队，冲向浩瀚的沙漠。

后来，连队来了拖拉机，随着链式、轮式的拖拉机增加，马匹逐渐地减少，似乎马群在衰退。爸爸有时蹲在料槽前，鼓励马匹食草料，好像要重振他的马队。

我记得爸爸制作了一个掸子，枣红马的马尾做掸子，尾骨做了手柄，下班了，他用掸子拼命地抽自己，好像他身上燃烧了一样，灰尘、草屑顿时飞扬。他狠劲地抽自己。我真怀疑，那是一匹马发怒了在甩尾巴。

有时，我会好奇地拿着马尾掸子，一手将马尾掸子抵在自己的屁股上，一手挥舞着，作出扬鞭催马的姿态，咳，仿佛我就是一匹马。我奔跑、跳跃，偌大的马尾掸子在我后边甩来甩去。爸爸看见了，就拉下脸，好像我触犯了他什么。还夺过马尾掸子抽了我两下，生生地痛。

趁爸爸去团部（后来，我隐约知道，他找团长替马说话），我把马尾掸子藏到床铺底下，爸爸寻找马尾掸子的急劲儿，好像失踪了匹马。他还问我。我说我也没看见。我那口气，似乎马尾弹子自己跑走了。

随后，我忘了我藏马尾掸子这档子事，爸爸会解了围裙扑打自已。围裙狠不起劲来。我也不在意了。反正马厩空寂起来，隔段时间，马肉会出现在食堂的菜谱里。我吃得很香。爸爸绝不碰马肉。

有时，他端着碗，蹲在别处。

我进了高中一年级，搬最后一次家，搬到团部附近的运输连。那些简易的老家具，好像要散架一样。我的书，装在炮弹箱里。最后搬的是床，搬开，亮出了地上的马尾掸子。

爸爸说："咋跑到这里来了。"

我记起了我的劣迹，只是不让爸爸像抽马一样用掸子抽我。不过，我的记忆里，爸爸从未打过马，至多，是做个打的样子。可他打过我好几次。

爸爸抖抖马尾掸子，还试着抽自己。抽起来，会发出细丝飞扬的风声。似乎每一根马尾丝都发出嘶鸣的声音。

马尾掸子已有了虫蛀的痕迹，毕竟是晒干的纯粹的马尾，床底下待的日子里，受了潮，虫子趁机而入。到了运输连，没有马厩，只有汽车。爸爸到菜地班，那里还有两匹马。菜地不大。我怀疑，是团部关照过了，有意给我爸爸留了两匹马。收工回来，他会夸张地用马尾掸子抽一天劳动的尘埃，其实也没啥灰尘，倒是他的架势，会硬生生地抽出灰尘。

原刊：《小说界》2009 年第 2 期

入选：2009《中国微型小说年选》

《小小说选刊》2009 年第 11 期

戈壁花

王兰芬突然失踪了。她是我们语文老师,据说,她书写了一个通宵的标语,第二天,她便成了"反革命"。有一条标语重复写了上百遍:祝伟大领袖毛主席万寿无疆。可是,贴出来,有人发现错了一个字:万寿无疆的"万"字写成了"无"字。她当场变成了批斗对象。

王兰芬老师的毛笔字是工整的楷书。我们也跟着喊"打倒她"。可是,晚上,她不见了。有人说她畏罪潜逃,她的丈夫是刘老师,教数学。据说,批斗会后,她的情绪不安,嘴里只念叨:沙漠、沙漠、沙漠。

她一定跑进了沙漠。有人说她要是去沙漠,就是找死。我想象王兰芬在沙漠里奔跑,奔跑,跑不动了,倒下。那是春天,刮起风,漫天黄沙,看不见太阳。到了夏天,刘老师常站在校园外,望远处的沙漠;秋天,瓜果成熟了,我们看见刘老师一个人出去,很晚归来,我们同学都知道刘老师站在绿洲边缘望沙漠。

我们吃过王兰芬老师的喜糖,想想,还甜,可是,她是"反革命"。上课，刘老师时不时地吸鼻涕，好像那是一条"鼻涕虫"，探出头，又缩回去。我们猜，王兰芬不见了，刘老师就感冒了。

第二年春天，刮风起沙，王兰芬突然出现了。我们发现，她年轻了许多。我们怀疑，时间在她身上停止了，而我们，特别是刘老师，照样跟着时间跑。她的脸色，像泡了温泉那样红润，我想到刚刚升起的太阳。

可是，她不认刘老师，不是不认，而是陌生的人走到一起那样。刘老师叫她，她根本没有反应。她把自己的名字给忘掉了。

农场场部还不放过她。她说她叫戈壁花。我听大人说，大概她进去了什么地方，那里的人以为她像谁，就用一个人的名字称呼她。有时，她还莫名其妙地笑，仿佛想起什么有趣的事儿。场部断定她神经出了毛病。

刘老师拉她回家。她不去。据说，她看刘老师的眼神有点特别，是喜欢一个人的那种眼神。还传说，她不去刘老师的屋子（其实是她和刘老师的新婚洞房），她说：要去，你就娶我。这样，刘老师娶了同一个人。因为，王兰芬记不起过去的事儿了。

表面看，他俩又跟头一次结婚一样了，只是，王兰芬去了学校的菜地干活，她已不能教书了。听说，她一见毛笔就脸色发白，好像那是一支离弦的箭。

场部又传出消息，说是王兰芬装疯卖傻，要躲避自己的罪行。这回，要挖她的"祖宗三代"——王兰芬是上海知青，据说爷爷是资本家。场部已派员去"外调"。

王兰芬突然又失踪了。场部还是认定她是畏罪潜逃。刘老师说，那段日子，她的情绪不稳，嘴里只念叨：绿洲，绿洲，绿洲。

她一定去了另一个绿洲。有人说，她是把我们这个绿洲当成沙漠，把沙漠当成了绿洲。她肯定又逃进沙漠了。甚至，还有人猜：沙漠里一定有传说中的泉水，泉水具有长生不老永葆青春的奇效。

她走的时候是秋天。那年冬天，奇冷。涝坝冰冻得很厚，凿一个取水口，像打一口井。刘老师又拖鼻涕了，有时，鼻涕垂下一截，不一会儿，就结冰了，像一条毛毛虫一样，他去摘下。那鼻涕似乎不畏寒，没多久，又探出一条。直到春天，那鼻涕在他的鼻孔里走进走出，像是他养的一窝虫（其实他过一会儿就吸一下鼻涕）。

第二年秋天，绿洲有点炫耀，把自己成熟的果实一下子都亮出来。到处是瓜果的香味。王兰芬就在这时候突然出现了。她好像从来没尝过葡萄、哈密瓜、西瓜、苹果、桃子、香梨。只是说好吃。她不吃饭，只吃水果。她不愿跟刘老师住，刘老师就把水果送到菜地的草棚。

她在菜地干活，留下杂草，拔掉蔬菜。刘老师说她这是"拔资本主义的苗，留社会主义的草"。菜地班长照顾她，就不让她干活。不过，她一见刘老师，眼睛就发亮，像夜空出现星星那样。

刘老师给她看新婚照，她还指着照片里的自己说，那是谁，蛮漂亮的嘛。刘老师依着她，叫她戈壁花。刘老师给她说照片上的两个人的恋爱故事，她像听别人的故事那样，笑起来，声音咯咯响。刘老师还对她讲农场的事儿，过去的事儿，她刚来新疆的事儿，她自语道：沙漠、沙漠、沙漠。

她一定去了沙漠。她把我们这个绿洲当成了沙漠，把沙漠当成了绿洲。这回，她的脸还是那么红润，我们猜，她去的沙漠里，一定有一眼传说中的神泉。

学校里传说，刘老师像当初追求她那样，追求着王兰芬。据说，头两次结婚，根本没有在王兰芬的脑子里留下印象。刘老师的鼻涕不再进进出出地忙乎了,我们背后说他感冒好了。

再没有人提及王兰芬的出身背景。王兰芬根本不记得"家史"了,过去都被什么删除了。有人说她患了失忆症。我们又吃到了喜糖,刘老师第三次娶了同一个人——戈壁花,就是戈壁荒漠里的一种植物,学名叫红柳。那年月,水果糖还是稀罕的东西。我竟期望,刘老师再娶几次王兰芬,那样,我们又能甜甜嘴了。那年,我进了初中一年级,还嘴馋。

原刊:《广西文学》2009年5月号

获奖:第八届全国微型小说年度评选二等奖

(中国微型小说学会)

入选:《2009年度微型小说年选》

一片白云

他欣喜地听着从羊圈传来的羊的叫声。他蹲在靠墙的地炉旁边，清出昨晚烧过的余灰，然后，用松枝和牛粪点起火，炖上铜壶。在水隐约吟唱的时候，他掰了块砖茶丢进去。轻烟暖和着屋子。

这时，屋外响起急骤的脚步声，渐渐近了，门框里出现女儿一张惊慌的脸。女儿哭着，说："阿爸，我那只小羊羔死了。"

他关注着炉里的火，表情平静，说："嗯。"

女儿说："昨晚它还欢蹦乱跳呢。阿爸，它硬得像块白石头。"

他脑子里还留着夜晚扫荡山谷的暴风雪的喧嚣。他说："我等会儿去处理。"

女儿泣声说："阿爸，小羊羔……"

他倒出奶茶，取来糌粑，说："坐下来，来，羊等着要上山吃草。"

父女俩安静地吃着。他想起有一回眼睁睁地看着雪崩遮蔽了牦牛，还有狼、雪豹、狐狸，秃鹫叼走了羊羔。他对失却有着精神准备，知道挡也挡不住。他捏着木勺舀着木碗里的糌粑，嚼出响声。

女儿似乎担心响声惊扰了什么，嘴里克制着，她用手掰碎着糌粑。

等到他听到出去的女儿模仿羊的叫声的时候，他站到门口，望见峡谷里那一群羊，像白云一样飘离村庄。他嚼着奶酪，来到空寂的羊圈。羊圈里充满着羊的气味。

羊圈旁边有一块石头，他把那只死了的羊羔拎上去。身后是零零落落的石屋，前边是起起伏伏的谷地。刀子长了眼一样剥开失却温暖的羊羔，他的嘴念叨着什么。一张皮展开摊晾着，它将是女儿冬天穿的皮袄。羊毛稚嫩可爱地曲卷着，一绺一绺曲卷得那么自然，却已经没有时间舒展开来。

先是听见乌鸦的叫声，像是被风吹乱了的乌云。他知道，它们冲着羊羔来了。阳光里，肝脏、肚肠闪耀着新鲜的光泽。还有凝固的血。他用泥土搓洗着双手。乌鸦迈着试探的步子往他这边徘徊。

随后，高阔的蓝天，出现一个斑点。慢慢地，他眼前的地上一个偌大的影子移动，秃鹫展着巨大的翅膀已逼近他头顶的天空，稳稳地滑翔着。

他甚至看见了秃鹫那炭火一般的眼珠。

他卷起羔皮回屋。背后一片乱乱的鸣叫。乌鸦躲闪开了。不知哪儿又赶来几只秃鹫，俯冲下来。他看见一只秃鹫倾斜着翅膀冲下来叼走了一根骨头。

他把羔皮钉在门前的墙壁上，回屋取了锄头准备去田地。苍蝇已敏感地飞来，去叮那留着血迹的羔皮。他走近，羔皮已微微缩皱。苍蝇惊慌飞开，却近近地乱舞。

午后，村里一位朋友来他家。喝着奶茶，两人偶尔说句话，更多的时间是沉默。似乎过去的岁月，还有眼前，往后，已在无言的默契中交流着。朋友想起了什么事，起身走。他送到门口，说："明天我去你那儿。"回身,他收起了墙上那张羔皮。

峡谷,一边阴,一边亮。他走到村边,好像一天的力气都积攒到这一刻,喊得悠长而粗犷。那喊声碰着对面的悬崖,反弹回来,又返回去,一来二去,同一个喊声,回荡之间,弱下来,仿佛他不止喊了一次。

不一会儿,他女儿的回应穿过峡谷飘了过来,如同和声,那么自然地承启了两个人——父女的声音,一唤一应,灌满着峡谷。峡谷小心翼翼地收集起它们,恢复了那辽阔的平静。

转眼,一片白云在峡谷那边飘出来,女儿赶着白云。谷底银亮的河像一条哈达。渐渐地,母羊和小羊相互寻找、呼唤的声音响过来。他一脸的皱纹里沁出笑意,因为,他听见了女儿模仿羊羔的叫声。

原刊:《新课程报语文导刊》2006 年 10 月 17 日

入选:《微型小说选刊》2007 年第 6 期

获奖:中国小说学会 2006 年度中国小说排行榜(小小说)

黄羊泉

已经离休的左矿长说，早年发现这眼泉，是一头黄羊引的路，那眼泉就叫黄羊泉了。

我慕名拜访了左矿长，他赋闲在家，没离开黄羊泉。他说，我喝惯了黄羊泉的泉水。

这个黄羊泉的传说在沙井子垦区流传甚广。上世纪五十年代初，三五九旅一支部队驻扎沙井子开垦荒野，都是戈壁沙滩。远远地，可以望见喀拉蒂克山脉，当地人称黑老山。

当时，左矿长还是一名排长。部队首长说，有山就有水，左排长，你带上几名战士上山，找找水，垦荒不能没有水。

左排长带领三名战士出发了。垦区和大山中间隔着戈壁和沙漠。看看山不远，应了那句看山跑死马的话。他们是徒步，过了一片一片戈壁，一道一道沙梁，可那山还是那么远远地耸立着。左排长说，那山好像会自己往后退。再走半天，山还那副样子。行军壶里的水已经喝干了。他闻着沙漠的干燥的死亡气味，像是要把体内的水分都收走那样。

夕阳西斜。左排长绝望地下令鸣枪求救。可是，枪声还没来得及传开便被广阔的沙漠吸收掉了。枪声像炒豆一样。

突然，左排长发现了一个闪动——那是永恒的宁静里的一只黄羊，是沙子的金黄色，好似一小堆沙粒凝聚起来，被风鼓动着奔跑。

左排长说，那一刻，我知道有救了，死亡的沙漠出现一只黄羊意味着什么？它是生命，生命离不开水。

左排长说，盯住，别让它甩掉我们。四个人不知道哪儿来的力气，抛开了累和渴，开始撵黄羊。而且，子弹上了膛，打算撵不上就放枪撂倒它。

黄羊跑得那么轻捷、灵活，带起了一溜儿沙尘。它跑跑停停，不让他们接近，也不让他们离远，老是保持着一定的距离。左排长说，它像山里来的一个精灵。沙漠里的事儿就是这么奇怪。

黄羊站在一座沙包顶上边，望着绝望的他们。他们喘着粗气，喉咙里涌上一股液体一样的火流。黄羊在沙梁上边用蹄子刨着沙子，像是捉弄他们。

太阳像是在好奇，舍不得沉没，又在沙梁上镀上金辉。黄羊的踪影和太阳的余晖一起消失了。

沙梁顶，他们看到了一片绿洲。奇怪的是，耸立的山影已在眼前，像突然垂下的天幕。左排长说，我怀疑是不是我的耳朵出现了幻听，沙漠里常常这样，我听到了流水的声音。

水养育了绿。这道沙梁隔着两个世界。甚至，左排长闻到了沙枣花的浓香。那是个初夏。水在吟唱，那是沙漠里最悦耳的歌声。我们扑向溪流，一阵狂灌，身体像胡杨树一样顿时焕发出生机。

左排长胡乱抹了抹嘴，说，嘿，真有这么甜的水呀。他告诉我，那是他一辈子喝过的最清甜的水了。他们沿着溪流，找着了山脚下的源头。那是一个清泉，咕嘟咕嘟地冒着水。泉水边沿长满了茂盛的灌木丛，缀满了细细碎碎的金黄色的花儿。

金色的黄羊就在泉边。它也在饮水，只是没他们那样急切。黄羊像是披着金色的沙粒，浑身是金色，它的眼里闪着温柔，还有俏皮。一看就知道，它从来未受过人类的侵扰。

左排长端起了枪——好久没有沾过荤腥了。黄羊的眼里没有恐惧，它大概不知道黝黑的枪口意味着什么。它根本没有这种戒备，它没有过这类记忆的阴影。

枪响了。左排长看见金色的黄羊头颅绽开了一朵鲜红的花。黄羊没来得及恐惧。那花瓣溅开来，落入泉水，泉水一片嫣红。

左排长当时还得意自己的枪法——已经很久没有过过枪瘾了。他喊，中了，中了！黄羊被肢解，又在舞动的篝火里散发出诱人的香味。

后来的事儿，左排长一直弄不懂。第二天，他携带着壶里的泉水，赶回去，向首长报告他的发现。首长欣喜地喝了一口，可又忙吐出来。首长说，这是啥甘泉水？又苦又涩又咸，还有一股羊膻味。

他们一起辩解，说，咋会苦呢？真的很甜呀。他们再尝，果然又苦又涩又咸。左排长犯嘀咕，咋变味儿了呢？

再上山。那泉水确实又苦又涩又咸。左排长说，我嘴硬，就是不承认那泉水的苦，我总能在苦味中喝出一丝甜来。我相信第一次的感觉，别人都回味不出那种甜来。

左排长——现在已是离休了的左矿长，他说，那泉水确实苦，我坚持喝过来，这也是对我的惩罚吧。我想想，是这么回事儿，最初它甜，我的嘴巴也许弄虚作假。

发现了泉。随后，又发现了泉水附近的山上有硫黄、煤炭、石灰、石英等矿藏，那里建立了一个矿区。左排长自愿当了矿长。矿区的职工家属都喝垦区天山引来的雪水，他坚持喝泉水。

左矿长说，那以后，我再没使过枪了。他还说，远看，这座山像一只黄羊。我还是第一次发现，确实像一只黄羊。

原刊：《文学港》2005 年第 6 期

入选：《小小说选刊》2006 年第 2 期

《天池小小说》2011 年第 9 期

《小小说月刊》2012 年第 1 期

获奖：第三届小小说金麻雀奖获奖作品

铺 路

那天傍晚，吴彩霞离开了我，塌方了，她被压在戈壁滩乱石里。

我记得，戈壁滩还有残雪，那是整个冬天覆盖着的厚厚的雪花。冬天过去了，初春来到了，大地解冻了，我们连队趁这个时候开始铺路，十字镐打进戈壁里，还有冰碴子。我们就挖来戈壁滩的石子铺路．相当于现在的机耕路。

我和吴彩霞一个小组，实际上就是两个人合抬一个抬笆子。抬笆子现在见不到了，那是垦荒时候用的一种很古老的工具。两根木扛子连着红柳条编成的笆子，上边堆放着石子，两人一前一后抬着走，要配合得很默契才成，我俩都是瞒着爹娘报名参军的。她比我大一岁。十八岁的姑娘一枝花呀，她漂亮得让我羡慕：鹅蛋脸、白皮肤、卷头发。我累得有时候懒得吭声了，可她，整天笑呵呵的，她到的地方都撒下她的笑声。

我说彩霞姐，你有啥高兴的事藏在肚子里？她说，一定要有高兴的事才高兴呀？你这妮子，净往歪处想。那时我还不知道啥叫恋爱，我看出连队刘指导员对她有意思，可她对谁都是那么开朗地笑刘指导员对她说：彩霞同志，注意安全哦，戈壁滩常常可能发生塌方，她开玩笑似的笑了一阵，说，我恨不得消失在戈壁滩里，又突然长出一片绿洲，开满花朵，让你们吓一跳。

我心里跳起来，倒是担心看到了绿洲。彩霞嫌绿洲出现得太慢，她说，我都等不及了，慢死慢吞地躲着不出来。我说，指导员，我向你提个意见。指导员说，想不到你也会提意见。我说，你偏心，你只关照彩霞，好像没我了。

我是有意说说指导员，我看着他那憨厚的样子就想笑。他说彩霞同志是你的组长。我说反正你偏心。指导员挠挠头，说，我今后注意，行了吧？

太阳照得一望无际的戈壁滩升腾着白茫茫的热气。我的两个肩膀像要脱下来那样，又酸又疼。我感到要融化了。傍晚的时候，大地渐渐冷却下来，我望着挨近地平线的一轮太阳，像是挥舞着无数条彩绸带子。我知道快收工了。

彩霞说：再抬最后一趟。抬笸子上已经捡满了石子，我说我真想躺在床上好好睡一觉，她说最后一趟，多抬些。她拎着筐子去附近捡石子了。她说，你歇一口气。戈壁滩镀了一层霞光，好像变成了神话的世界。我站在那儿，发呆。我看着地上的鹅卵石，似乎我在缩小、缩小，要跟它们一样。

那年，我十七岁，在村里，该有婆家了。我躲开了那条道儿，走到这里，开始铺自己的路。我不知道我们铺的路通向哪里。它就是一抬笸一抬笸的石子铺起来。现在，那条路没了。都是柏油路了，平平坦坦的柏油路，可我能看出我们铺出的路的影子。

那天傍晚，太阳等候什么似的，落得很慢很慢，我没料到那一抬笸石子我和彩霞再也抬不起来了。我等了好一会儿，四下里很静，能听见十字镐撞击戈壁滩的声音，很刺耳，声音不响，能想象出镐尖在石头上撞击出的火花。

我喊彩霞。接着又喊，又喊，喊得我觉出不对头了。我奔向她去的方向。我期望她蹲在哪个坑里跟我藏猫猫。

奔出百把米，我在一个坑里发现了彩霞，那个坑里的石头都铺在路上了。坑壁变了形。乱石里，露出彩霞的一只胳膊，她穿着军装，可我熟悉那只手，手里捏着一束小花，花朵比米粒稍大些。她的手保持着举起的样子，似乎不愿花朵压进乱石里。

我合不拢嘴了，我哭起来。什么人什么声，我都没看见，没听见，我呆站着。彩霞鼻子、嘴巴都在流血，挖出来，她一动不动了。那天，西边的彩霞确实很美丽。埋了她，天已经黑下来。我已经哭不出声了。

后来，我嫁给了指导员。我还想，本该彩霞和他在一起。彩霞的爹娘来了信。我没敢告诉二老，我每月寄给二老一部分钱。彩霞活着的时候，每月都寄。二老一直以为彩霞活着。过了好几年，我还是告诉了二老。我在信里说：彩霞被追认为烈士。

我不知道是否追认她为烈士——她应该是烈士吧，我去她的坟墓，堆积的石头缝里，长出了许多的小花，我过去一直没注意戈壁滩的小花，它在冬天的尾声里开花。等到大地泛绿了，它就消失了，好像雪消失在戈壁里。

原刊：2008 年第 4 期《短小说》

入选：2009 年《中国微型小说年选》

呼　唤

绝望之中，我看见沙包背后走过来一个老汉。

他说："跟我来。"

我说："我渴坏了。"

他取下腰间挂着的羊皮水袋。我接过来，咕嘟咕嘟喝开了，仿佛在茫茫大漠碰上我想象中的水井。他似乎知道我在这儿兜转迷了路。我抹抹嘴，真痛快。

他说："跟我来。"

我的心又向往着寻找数日的珍宝了。我说，我还有件要紧的事情，办成了会追上来呢，你稍等。我顾不得老汉的存在，我又开始在这片古城堡的废墟里摸索。汗像小虫一样在我面颊、背脊蠕动，我却一门心思挥着砍土镘东挖西刨。我的肚子咕噜响起来。我想起我已断水断粮整整两天了。

他说："跟我来。"

我发现他离我十米远伫立着。这个老汉，看来也是探宝的角色，他好像在观望我，一旦有了成效再采取行动。

我说:"我饿得不行了。"

他在褡裢里取出了个馍。我接过来,一阵狼吞虎咽。肚里又实在了。

他说:"跟我来。"

我想:"这个狡猾的老汉,大概看出我已经找着了门道,想设法将我诱开。"

我说:"你先走,我找一样东西,我会跟上来呢。"

我又忘了他的存在。不知挖了多久,反正太阳像火盆一样吊在头顶,我手里的砍土镘突然触着了一个陶罐,我本能地警戒起来,四下里张望,没了老汉的影子。

这当儿,我又饥又渴。我绕了附近的几个沙包,寻找那个神秘的老汉,根本没有他的身影。我又恢复到了老汉出现前的心情,希望离开这片荒无人烟的沙漠。我竟忽视了老汉的去向,他说跟我来,我怎么就没问他往哪里走呢?

我合掌罩在嘴上,毫无方向地喊:"我——来——啦!"

我多么期望那个老汉绕过沙包出现,说:"跟我来。"

可是,我的呼吸像一滴水消失在无垠的沙漠里了。四周,除了一个一个巨浪一般的沙包,没有丝毫回音。

我绝望了。天色渐渐暗淡下来,我懊悔地哭起来,自语:"这下,我该怎么办?我不知往哪儿走了。"

这是二十年前的一个梦,做梦的地点是在塔克拉玛干沙漠边缘的农场——那是沙漠里的一片绿洲。这么多年了,我清晰地记得,仿佛那个梦真实地发生过。我常听见——世俗的喧嚣、繁忙的短暂的间隙里——那个老汉的招呼:"跟我来。"

我想:那是一个真实的声音,我能听出。我知道,我已渐渐地跟上他走了。因为，我察觉我忙乎的事情差点失却了真实的我——一种虚幻的迷途。倒是那个老汉的声音穿越时空越发真实了。

原刊：《营口日报》1999 年 6 月 17 日

入选：《小小说选刊》1999 年第 17 期

《99 年中国年度最佳小小说》

获奖：1999—2000 年度全国小小说佳作奖

榔头的地图

我们连队里，有个小孩叫榔头，已经八岁了还没上学。他不合群，整天坐在门口他爸爸给他钉的一个小板凳上，面朝土坯墙壁，背朝家属大院，一个劲儿地看墙壁。

墙壁上刷了一层石灰，风吹日晒，已斑斑驳驳，也不知他看出了什么稀奇来。有一回，我沿着他的目光去看，只看到露出草泥的墙。有人说榔头在墙壁上看出了地图，看出了兔子，看出了绵羊，看出了奔马。我看出的就是褪了皮的墙壁。

榔头一坐就是半天。连队的小伙伴都说他是个捎子（傻蛋）、哑巴（他不说话）。他爹娘替他着急，已八岁了，还像个四五岁的孩子。只是脑袋奇大。大概脑袋长了，身体没跟上，猛眼看，他的形象跟个榔头差不多，身体瘦小得像榔头柄。

榔头看墙壁，像我们看连环画小人书那样，简直着了迷。他娘背地里鼓动我们带他玩耍，可他还是固执地坐着。他爹一发愁，有一天，说："榔头，我带你去阿克苏城里转转。"

大家都叫他榔头，他爹也习惯性地跟我们叫。

榔头突然说:"爹,你去过阿克苏吗?"

他爹乐了,说:"你终于讲话了,哦,我来新疆路过阿克苏,没逛过。"

我们猜,榔头看墙上的"地图",里边一定让他看出有个阿克苏。好像他早就盼着这一天。榔头连我们连队巴掌大的家属大院也很少出去。

榔头说:"爹,我带你去。"

难道榔头在墙壁的"地图"里早把阿克苏了解清楚了?我们再去琢磨墙壁的天然图案,似乎看出了地图的模样。

是不是他爹有意抬高他,反正,我们听说他和他爹有过这么一段对话。

榔头说:"爹,要快,还是要慢?"

爹说:"搭货运车,坐毛驴车,还能咋样去?"

榔头说:"爹,我们走吧。"

榔头出了连队,过了排碱渠,就是公路。

爹提醒他说:"农场离阿克苏远着呢,一天也走不到。"

榔头说:"那就快点儿!"

后来,他爹说起此事,有点儿牛逼哄哄,说:"榔头要我闭起眼睛,他不说睁开,我就不睁开。我那时乐得不行,就想跟儿子玩玩游戏,我一闭眼,就两耳生风,像立在大卡车的车厢里那样。不多久,榔头说开,我张开眼,嗬,我们父子俩站在阿克苏大街上啦。"

据说,榔头当时对爹说,要去找他的小伙伴玩。当爹的担心他迷了路,可是他说知道怎么走。他不要爹陪他。临出来,有点儿急,爹没带够钱。榔头掏出一把零碎钱:一角两角,最大的面额是一元。都是爹娘给的零花钱,他攒着没花。我们没见他吃过零食。

榔头说:"爹,你放在兜里,要买啥吃的,羊肉拉面,烤羊肉串,你只管伸手去兜里掏,可别去数,别数钱,我都数清了。"

过后,他爹对我们说:"榔头啥都知道,那些食物他没吃过呢。"

他爹望见榔头朝十字街的西边走了,好像预先有约定。临别,榔头跟爹约定,太阳快落下时,我们在影剧院门口碰头。

爹替儿子高兴,看不出,榔头知道得那么多。他爹说:"榔头支开我,好像我碍他的事儿。"

爹朝卡坡的方向走,半路,吃了盘羊肉拉面(突然感到饿得抵不住),还吃了两串烤羊肉(那气味把他吸引过去)。上了卡坡,阿克苏城区尽收眼底,爹望着纵纵横横的街路,想着哪个小孩是榔头,榔头一定喊着找他了。他像榔头一样看着墙壁,只不过,地图平摊着了。他出神地望,望着望着,似乎整个城的图形像榔头看的那个墙壁的图案。

他爹听见卡坡边的吆喝声,是个烤馕的小铺,一喊喊得他肚子又空出来了。他买了一个刚出馕坑的馕(那麦面的焦黄色多好看哪)。喝着浓浓的一碗砖茶,他忍不住清点了兜里的钱。

后来,他爹对我们说,他赶到影剧院,榔头正好到,他很想买个哈密瓜、两串烤羊肉给儿子,一掏,钱没了,不是兜破漏了。榔头看爹可惜的样子,说:"爹,你数钱了吧?你只管花,数它干啥?"

不数,钱没数;一数,钱清了。那样,爹还想着闭眼的奇迹,可是父子俩徒步回农场,一走走到第二天上午,幸亏还搭了一辆车。

他爹暗自想,是不是哪儿出了问题。他去卡坡,沿街竟按榔头预先罗列的食物,尝了个遍。还有,榔头单独行动,去哪儿?见了谁?榔头没透露。

我们相信了他爹的话。特别是我,那个年纪,以为不可能的事是可能的事。例如，老师说，红领巾是烈士的鲜血染成的。我想，那么多红领巾，要有多少烈士的鲜血呀？

不过，我们佩服起榔头来了，找着法子要他给我们来点儿奇迹，可他根本不给我们表现。他去阿克苏回来，好像一下子睡醒了，按他娘的说法，表拨准了。

榔头不再观察墙壁，他背起书包上学了。他的身体像浇了水的胡杨树，一蹿一蹿地长，长得身体和脑袋的比例协调起来。可是，我们还叫他榔头，叫顺口了嘛。

他还跳了级，跳到我们班。又一起念初中、高中。高中毕业，凑巧，我俩分到一个农业连队。

到连队两年，他已是个棒小伙子。由于身体壮大，倒似脑袋显得小了。有一天，一个姑娘来找他。据说，姑娘家住阿克苏。榔头平时会耍耍笔杆子，投投稿，阿克苏报还刊出来了。他当了通讯员，调到农场场部宣教科当干事。

再后来，他跟那姑娘结了婚。夫妻分居两地是个理由，当然，榔头的笔杆子替他开了路，他调到了阿克苏城区。

据他爹说，那个姑娘就是榔头当年去阿克苏一趟专门见的小女孩。谁也说不出他俩到底怎么相识的。难道看墙上的"地图"发现的吗？一个人能看见他未来的命运的"地图"吗？榔头的嘴巴很严实，一点儿口风也不透。这榔头，使闷劲儿。

原刊：《西部》2011 年第 3 期

讲　究

要是农场的人到我们十八连找铁拐李，连托儿所的小孩都会指引你铁拐李住的宿舍；要是问起李铁，十个人中就会有八九个人答，我们十八连没这么个人吧？

其实，李铁的绰号叫铁拐李。我们连队取绰号，依据身体特征直接取出的绰号很稀罕。例如我们74届高中毕业的赵明亮，绰号取自现代京剧样板戏《智取威虎山》中的小常宝。小常宝是个姑娘，赵明亮是个男性。赵明亮像是发育不起来，长僵了，我们就叫他小常宝。

铁拐李是上海支边青年，还打着光棍，铁拐李不也是"光棍"一条吗？铁拐李的身影总在大田里晃悠。那时，农场常举行什么大突击、大会战，他那一瘸一拐的身姿在拔草、收割、挖渠的人群中特别显眼。大概他脾气倔犟，有时会顶撞连领导，没照顾他到后勤工作，他也不在乎。

连队的职工、小孩，都唤他"铁拐李"，他随叫随到，没翻过脸。可能他对婚姻还抱着希望，所以，姑娘叫他"铁拐李"时，他的脸就挂不住了。

他说："难道嫌我的名字不好听吗？"

姑娘说："别人都这么叫，我也爱这么叫，铁拐李是个仙人，谁有资格享受仙人待遇？"

他趁机说："那你就是仙女啦？"

姑娘说："你想得倒美，撒泡尿照照自己去！"

他不气不恼，说："仙人孤独呀。"

那年开春，新调来个指导员，说是要加强连队的政治思想工作。毕竟十八连是农场的先进典型。很可能场领导知道童连长只顾抓生产，恰好春耕春播即将拉开序幕，刘指导员要用"革命促生产"。

全连春耕春播誓师动员大会上，童连长部署生产之后，新上任的指导员接着讲话。没料到他的嘴巴功夫那么好，出口成章，滔滔不绝，仿佛他拿着报纸社论在朗诵。

会议放在晚饭之后。刘指导员的讲话有催眠的效果，连我这个动不动就失眠的人也昏昏欲睡了。

旁边坐着的小常宝像是犯了多动症，他竟关注起铁拐李的腿来了。我意识到，打分配到连队，我仅见识的是铁拐李的身姿，却没观察过导致他身姿一晃一晃的具体的腿。

小常宝的好奇也是我的好奇。铁拐李并不忌讳，摆出一副"要看就看吧"的样子。平时拔稻草，他也不卷起裤脚管。现在，他像蜕皮一样撩起裤腿至膝盖，右腿仅有左腿二分之一那么粗。

小常宝说："两条腿咋就差别这么大？"

铁拐李说："右腿跟不上左腿的进步，我也没办法。什么叫拖后腿？这就是。"

忽听刘指导员在台上说："铁拐李，春耕春播了，你说什么没办法？拖后腿？今年春耕春播困难确实很多，不过，办法总比困难多，你不要散布消极情绪，拖全连的后腿。"

小常宝悄悄地说："这个指导员，耳朵尖得像监听机。"

铁拐李目光凝视着站着的指导员，咬咬嘴唇，接着，脸埋在双膝间。

刘指导员刚来不到一个月，就能叫出铁拐李，我也恨不得有个绰号：绰号顺口好记。很可能这个小插曲干扰了刘指导员讲话的情绪，他终于结束了讲话。

有人推旁坐，说："醒一醒，该回去抱老婆睡了。"

我见铁拐李不动窝，大家伙儿朝大饭堂（兼会场）的门口拥去，铁拐李却径直朝台上走。他昂首挺胸地站到刘指导员面前，好像是英雄就义。

铁拐李说："指导员，我有没有名字？"

刘指导员说："有呀。"

铁拐李说："为什么你叫我'铁拐李'，我这腿可没跟你过不去吧？"

刘指导员说："我听连队的大人小孩都这么叫，而且，你也没生什么气，我就顺口叫了。"

铁拐李说："我一个人没能耐跟全连几百号人计较。你是连里的领导，应当以身作则，带头重视我的名字。可是，你在动员大会上不叫我的名字，而是叫我的绰号，你这是一种政治导向，是对我的不尊重。"

刘指导员说："我观察过，大家叫你叫得很亲切。"

铁拐李说："你在这种场合叫，我是什么滋味？李铁是我父母起的名字，我父母已去世，留给我的就这一样东西了，我自己也偷偷地喊父母留给我的名字。"

刘指导员说："李铁同志，我对不起你，对不起你的父母。"

会场上剩下五六十个看热闹的职工，不知谁叫了声"铁拐李"，随即，一些人接二连三地喊"铁拐李、铁拐李"，好像是拔河比赛的拉拉队，喊得还很整齐。

刘指导员说："起什么哄，要喊就喊名字。"

铁拐李冲着大伙笑笑，穿过人群，一瘸一拐地出了会场的大门。

我们跟着他背后，起劲地喊"铁拐李、铁拐李"。沙漠吹来的风携着寒意，遥远的夜空，稀稀拉拉的星星闪烁着。

春耕春播接近尾声，铁拐李调到了连队的食堂。他不会烧饭炒菜，就赶着毛驴车往大田里送饭。

大田干活使人消化得特别快，我们会时不时地抬头眺望通往连队的机耕路，会说铁拐李自己不愁肚子空了，是不是把我们给忘掉了？

其实，还不到午饭时间。我们像盼望神仙创造奇迹那样，望见一个小点在机耕路上出现，然后增大，然后看见车辕旁坐着的铁拐李，然后，闻到饭菜的香味。

我们故意频繁地叫："铁拐李，勺下留情哪。"

勺子里的饭和菜的多少，他绝不含糊。刘指导员过来，有点儿明知故问，咬文嚼字般地说："李铁同志，今天中午有什么好菜呀？"

铁拐李只是动勺不动口。

我们故意叫铁拐李，说："祝贺呀，铁拐李，你过上神仙的日子了。"我发现，逢了姑娘来打饭菜，他手上的勺就微微地抖，他会再添一点儿。

背地里，姑娘说："不怕铁拐李的脸上火，就怕铁拐李的手发抖。"

据说，铁拐李换到食堂，还是刘指导员提出的建议，童连长嫌后勤过于"庞大"，但也尊重了刘指导员的建议。不过，刘指导员也拖了一句话，大城市来的人就是太讲究。

刘指导员还耿耿于怀铁拐李那天晚上"正名"的事儿呢，我们照常叫"铁拐李，铁拐李"。特别是姑娘，好像期望看到铁拐李也来计较，铁拐李却是一脸受用的表情。可是，他干吗跟刘指导员"讲究"呢？要是撞在童连长的枪口上，铁拐李可占不到这个便宜。

原刊：《西部》2011年第3期

峡 谷

奇迹发生在1982年12月,恰恰是我费了九牛二虎之力调出了铁力克峡谷——这之前我一直称它为"鬼不灵"山沟沟。如今,我在浙江省余姚市,一个秀丽的江南水乡。我是1982年12月21日拿到的调令,便匆匆忙忙乘上54次列车,因为调令写明了报到日期截至12月底,我恐怕过期失效。

现在,我常想起柳村——我清楚这是他的笔名,取之"柳暗花明又一村",可连他的真实姓名也忘却了。他是我的师范的同班同学。师范那会儿,班里墙报、板报,那些题图、插画都是他一手弄,十分精美。师范毕业,他留在阿克苏市二中任美术教师,我则分到拜城铁力克峡谷。

1980年5月,我孤单单地携带行李前往铁力克学校报到——那是电厂、煤矿、化肥厂合办的一所职工子弟学校。我一见又偏僻又荒凉的山沟,心情一直很消沉。

一个月后,柳村赶来写生,已经放暑假,他说是来陪陪我。我和他连日到卡博斯浪河边,他写生,我看书。他关照我不要近前,他一作画，天底下就独剩下他一人了，他说。

我也不想搭界，只觉得他倒有意思，便独自看书。两旁是一条连绵不断的山脉，一直延伸到深山，再远，是白雪皑皑的天山。近身，一条喧哗的卡博斯浪河，终年不息，那都是天山融化的雪水。我觉得坐在河滩的石头上阅读，那些书里的内容，都通过我的头脑散发在广阔的峡谷里了。我的精神难以集中。

我没去瞧柳村的写生画。他收起画板，说走。我察觉该回巢了。他兴致勃勃地说："嗨，这个峡谷真美，我恨不得融化在里边。"

我只是笑笑，说："你还新鲜着呢。"

一连七天，他都在那个位置面朝着天山。每天都是一幅——临出来，我看见他夹进的几张白纸。七天后，我和他一道出山。我说下山换换空气。

我喜欢听城市的嘈杂之声。我俩进了城就分手。寒假，他又兴冲冲地赶来——事先，来了封信。

峡谷已经覆盖了雪。雪地留着野羊、野兔的足迹。空中，时不时飞过一群野鸽子。还有山坡的呱啦鸡的鸣叫，只是看不见踪影。柳村仍在老位子上写生。我呢，拎着杆双筒猎枪打野味，我的枪法极臭。终于，近午，打了一只倒霉的野兔。我不理解，他一立三个多钟头，竟冻不僵。

我往手心哈哈气，隔了十来步，喊他肚子饿不饿呢。

午餐，辣椒爆炒野兔肉。他说："我当初怎么就没想到要分配到这儿来呢？"

我说是你懊悔还是我懊悔呢？

他认真地说这里确实很美丽壮观，可惜你感受不到。

我说萝卜青菜各人喜爱。

他说:"我倒想你我对调。"

我苦笑笑,说:"由不得你我啦,进来了,想出去,难哟。你的峡谷画出来了吧?"

他说:"画好了,当然你是第一个观众。"

第二年的暑假、寒假,他都来了,倒是他挽留我陪伴他。他仍立在老位置作画。我说:"你不嫌厌烦吗?"

他说:"画峡谷,其实,一进峡谷,我渐渐地进入峡谷了。"

我没在意他的话。直至我接到调令的那一天——其实,调令压了足足半年,校方迟迟不透露——我挂了个长途,告诉了柳村。

他说:"你来城里办手续,顺便来我这儿哦。"

手续相当顺利,我记起得向柳村告别了。

他的宿舍里,我蓦地想起那幅画,我说:"你的画完成了吗?"

他说:"算是完成了吧,不过,你得有个精神准备,我不知有没有把握。"

我说:"那还会错,这两年,我的心都等疲了。"

他说:"好吧。"

他掀掉靠墙支着的一画板上的绸布。峡谷,棒极了!看上去,简直不是一幅画,而是一个圣境,山脉、河流组成的峡谷竟有那么壮美、清晰、纯净。

我指着峡谷中部的一条蜿蜒的小路,说:"我怎么没注意过这条小路?它通向哪里?"柳村说:"我要问你了,我也没走过这条小路,不过,你稍候,我去探探看。"

他竟走上了那条小路,小路伸入峡谷的深处;据说,雪山下有一个温泉,他沿着小路走去,渐渐地消失在峡谷里,他再也没回来。

1982年12月30日,我在余姚县教育局(当时尚未撤县设市)

报到，安顿下来，便想着柳村那不可捉摸的行踪。我试着寄信，被退回，说是查无此人。现在，是 1996 年 8 月 8 日，我犯疑惑了，吃不准当时在阿克苏二中第一次欣赏"峡谷"的情景是不是我的一个梦。可是，我仍旧肯定那是真实的存在。我想，不要再过些年我真把那当做梦了，便如实记下，假如柳村偶尔能看到，算是一种幸运了。

原刊：《百花园》杂志 1997 年第 2 期

入选：《中国新文学大系》第十六集（微型小说卷）

火狐事件

我到峡谷的头一年,发生了一个蹊跷的事儿,一只火红的狐狸闯进了厂区。

我被分配得最偏远——拜城化肥厂,它是地区直属县级单位。当时,我的情绪很低落。拜城化肥厂坐落在峡谷的山嘴子外,两边夹着山,站在校园里看,很壮观。我在厂职工子弟学校担任初三班的语文教师。

我和体育教师许疆生同住一个寝室。他的名字表明他出生在新疆。天蒙蒙亮,我俩就出门。他嗜好打猎,背着双筒猎枪消失在峡谷的灌木丛里。我则去河滩散步。

河滩平缓,遍布着鹅卵石。我发现,河滩明显地印着纵横交错的小径。经过小径的各种动物,在不同时间留下的足迹,都在一个平面上存在。当然,目标均是河水,穿过峪谷的河,这一段,河滩最为平坦,饮水方便。我就是在那时看见的那只火狐。

它像一个人举着火把奔跑。大概它刚饮了水。河滩一派空旷,寂静,只剩下咆哮的河水。春天的雪水在深深的河床里,仿佛不愿受束缚，却又无可奈何。我第一眼看见它，愣了一下。火狐距我有二十来米远。显然，它也愣住了。可能是我堵住了它的路径。那一刹那，我和它似乎端详对方，随即，它沿着河边的石头、灌木，时隐时现地奔去，如同一团火在移动。它本该沿着哪条小径走呢？

我把那次邂逅告诉疆生。他说："那家伙狡猾着呢，看出你没带枪。"

我说："你认识它？"

他说："它认识我这杆枪。"

疆生说："它会伤了学生。"

我说："它并没有伤害学生。"

他说："你走开，我看它这回还往哪儿逃？"

疆生反关了门。里边一阵桌椅的响动，接着，一声枪响，又一响，隔了喘气的工夫，又是一响。门打开，他举举枪，说："好啦！"

他拎出那只狐狸，并没有我印象里那么红，却是罕见的红色。疆生周围都是学生，像是拥戴一位英雄。

过后，我闻知两种说法。一是，现在的厂区，早先是一片灌木丛，生息着许多动物，包括狐狸，现在，连附近的山里，也很少看见动物了，那些植被似乎也撤退了。化肥厂投产不久，据说，还有野羊闯入厂区。一是，五年前，据说，有个学生养过一只狐狸，火焰的毛色，学生的父亲以打猎消遣，端了狐狸的窝，狐狸不断夜间来骚扰，最后，还是夺走了小狐狸，把铁丝链子也咬断了。

疆生猎了火狐，确实得意了一阵子。他照例隔三差五去狩猎，只不过，出猎的路渐远。我忽然想，我们居住的地方，原来不属于我们，而是火狐的领地，它们并没有遗忘它们的一代一代生息的地方。可是，我们抢占了它们的地方。火狐事件之后，学校加强了保卫措施。

三年后，我设法调回了城里。不久，我听说拜城化肥厂破产倒闭了。那些动物会不会重返它们的领地？那只火狐还时不时地闯入我的梦境。

原刊：《青春》杂志 2009 年第 6 期

入选：《2009 年微型小说年选》

蜜　蜂

我第一次吃蜂蜜，就确定了我的理想：长大了，当个养蜂人。

那年，爸爸去守连队的果园，有梨树、苹果树、杏树。果园围着密密实实的沙枣树，矮矮的那种，树枝长满了刺，刺上挂着胡子一样的羊毛。羊也钻不进去。

站在沙枣树组成的围墙外的土坡上，能看见满园的花，红的、白的，一树一树，像落下的彩霞，像堆起的白雪。那天，爸爸带回了一小瓶蜂蜜。他让我把蜂蜜抹在苞谷面窝窝头里。那刮嗓子的窝窝头就格外有味道。我一连吃了两个。

我说："爸，这是啥？"

他说："是蜂蜜。"

我知道颗粒状的白砂糖，还没见过胶水般的蜂蜜。我说："咋做的呢？"

他说："蜜蜂采的花蜜，一朵一朵花儿里采的蜜。"

我说："要拎个小桶去采？"

爸爸笑了，说："不用桶。蜜蜂吸出花朵里的花蜜，集在腿上，带回蜜蜂的家。"

"蜜蜂的家在哪儿?"

"蜂箱。"

"谁在管它们?"

"养蜂人。"

于是,我就想当个养蜂人。我没告诉爸爸。学校里,老师布置了作文:长大了想干什么?我毫不犹豫写了《我想当个养蜂人》。可是,我还不知道养蜂人到底怎么跟蜜蜂打交道,何况,苞谷面窝窝头抹的蜜,那要多少蜜蜂去采多少花朵的花蜜呀?我得有个数。是不是跟连队敲上班钟那样,钟一响,大人都扛着工具去田地。养蜂人怎么叫蜜蜂上班?

果树还没结果,管得就不那么严格。我溜进了果园(爸爸禁止我去果园,好像怕小孩惊吓了花)。我耳朵旁边,时不时地听到蜜蜂的嗡嗡声。蜜蜂在唱歌。我还看到了地上放的木箱子,有点像气象站的箱子,只不过,没架得那么高。

我凑近木箱——蜜蜂的房子。它们正忙,进进出出,那么多小不点儿。那么多蜜蜂住在里边,够热闹了,怎么睡?一定有放花蜜的仓库。连队不是有粮食仓库吗?

突然,我脸上针刺般的疼痛。我一拍。一只蜜蜂飞过我的眼前,匆匆地,像中了弹的飞机。我的脸,火辣辣地疼。

连队管仓库的大人,有枪,带狗,我一定碰上了值班的蜜蜂。其实,那么小的蜂房,我咋也进不去,除非我也是蜜蜂。

我奔向爸爸的护园棚。草棚像一个瞭望塔,四根柱子,高高地支着草棚。我哭了。

爸爸说:"挨蜇了吧?你惹了蜜蜂。"

我捂着脸，说："我只是看，没动手。"

养蜂人走过来，说："蜇了你的那只蜜蜂，自己也活不了。"

我说："它为啥蜇我，我又没惹它。"

两个大人笑了。爸爸说："它们就不蜇叔叔。"

我说："它欺负我是小孩。"

养蜂的叔叔打开近旁的一个蜂箱，里边密密麻麻爬满了蜜蜂，他说："你看这个蜜蜂王国，那只是蜂王。"

我双手护着头，往后躲。我的目光已能看到我肿起的脸了。那肿起的脸，第二天已挤得眼睛睁不开。

我的理想改变了。我一下子吃不准长大还要不要当养蜂人。爸爸给我的脸糊了一层牙膏，凉丝丝的。

我还是要交作文。我写了《长大了我护果园》。我要像爸爸那样当一个果园的守护人。花朵不会蜇人。花朵开着开着，到了秋天，就会长成果实。果实不会咬人。还有，我得报复蜜蜂，我等到蜜蜂以为该采花蜜的时候，我突然不叫花开。

爸爸笑了，说："花要开，你挡都挡不住，劝都劝不住。"

我说："我叫花悄悄地开，直接长成果实，像无花果那样。"

爸爸说："你呀，蜇了你一下，你就想报复，可是，蜜蜂跟人类一样，到了那个时候，都知道忙乎什么了，蜂蜜甜吧？"

我说："甜。"

爸爸说："你要是挡住不叫花开，蜂蜜怎么来？"

我说："它蜇了我，那么狠，同学们都笑我。"

爸爸说："不是消肿了吗？可是，那只蜇你的蜜蜂悄悄地死去了，它以为你要侵犯它的王国。"

我说："蜜蜂把我当成敌人了，它牺牲了，它们不是很听养蜂叔叔的话吗？"

爸爸说："当然，还有蜜蜂其实帮了花朵的忙呢。"

我说："蜜蜂偷花蜜，花儿干看着没办法。"

爸爸说："没有蜜蜂，花儿能实现自己的理想吗？花儿喜欢蜜蜂。"

我说："花儿总想结果，是吧？"

我想到老师说过我们是祖国的花朵。我想到蜜蜂蜇了我，花朵就会结果。我会长成什么果实呢？我没在作文里写我"突然不叫花开"的想法。我耳畔老是响着"嗡嗡"的声音，甚至，那天晚上，我做了个梦，果园里，我命令所有的花儿都一齐开放，花儿也确实响应了我的号召；只是，我看见自己是一只蜜蜂，在花丛中飞舞，好像吃不准该采哪朵花的花蜜。

原刊：《西湖》2011年第6期

世界上最大的鸟巢

　　绿洲的尽头和沙漠的边缘隔着这条防沙林带，林带繁茂，像一道绿色的长廊。林带里有一间木屋，木屋的墙由粗粗细细的木料构成，木料没有削皮，已经抽芽长枝，好像木屋正在往上生长，或者说，木料托举着木屋上升，或者说，木屋像个鸟巢，不慎跌落在地。整个木屋架在四棵沙枣树上，仅仅砍去了沙枣树底部的枝枝杈杈，屋顶以上的枝叶却牵手似的交错聚拢。探视，一个个鸟巢，像果实一样挂在上边，又神话般地飞出鸟儿，然后，又有一只鸟衔着麦秸秆或羽毛飞来。她想，它们其实飞到了连队的晒场、营区，去搜集建筑材料，它们怎么知道人活动的地方有它们需要的材料？

　　她却说你看，它们多齐心，昨晚，我梦见鸟儿从我的肚子里飞出来，飞到你这儿来了。

　　他说你能认出那只鸟吗？你看，一对一对鸟儿，一棵树，有好几对。

　　她说那……我俩呢？

　　他说小木屋不也是我俩的鸟巢吗？

她说要是像鸟儿一样把家建在树上就好了，谁也发现不了我俩住在树上。

他笑了，说树吃不消，两只大鸟太大了，有时，我躺在小木屋里，能够感到小木屋往上升，因为，树在生长。这可是世界上最大的鸟巢。

她说把我们的鸟巢托得高高的，那些人不会想到我们待在树上头。

他说你嗓门这么响干啥？

她说鸟叫的声音盖住了我的声音，我一进林子，就忍不住提高嗓门，我耳朵里都是鸟叫的声音。

他笑了，说我能听见你的声音，可是，你一提醒，我就又听见鸟叫了。

她说你不是说住在林带里听不见鸟叫吗？

他说其实鸟一直在叫，我听惯了，我会在鸟叫的声音里提取你的声音，然后，省略掉鸟叫的声音，你的声音就显露出来了。

她说它们筑了巢，接着呢？

他说接着林子里就安静下来了。

她说是你省略了，还是它们真的不叫了。

他说它们等候自己的孩子出壳，现在最热闹了。

她说我俩什么时候结婚？

他说结婚？结婚了你就是我的同类了，还有我们的孩子。

她说我不在乎，他们还能把你放到林子外边？

林带外边就是沙漠。绿洲和沙漠像是翻开的书，同一个平面上的两页，沙漠如同没有文字的那一页。

他说你的声音那么响，你用不着去突破鸟叫的音高，你轻轻地讲，我也能听见。

她说鸟儿像起了一个调，我忍不住会扯高嗓音，我老是担心自己的声音被鸟儿盖住了。

他说你说你的，鸟叫鸟的，鸟儿不是故意盖你的声音，你还不习惯林带。

她说我老觉得鸟儿在议论我俩，鸟儿会把我俩的话传出去。

他说只不过是你在想，鸟儿不会干那种事。

她说鸟儿能听懂我俩的话吗？

他说能听懂。

她说能听懂？你给我翻译我头顶这几只鸟在说啥？

他说我俩在模仿它们，它们很得意。

她说算了吧！你根本听不懂，你在瞎编。

他说我们听不懂鸟的语言，鸟儿也听不懂我们的语言，可是，还是有超越语言的东西，人和鸟都懂得，所以，我以为我能听懂，早晨、中午、晚上、刮风、下雨、酷热、寒冷，鸟儿的叫声都不一样，现在，一对一对的鸟儿的叫声很特别。

她说我俩呢？再不结婚，就要暴露了。

他说暴露什么？

她抚着腹部，几乎是喊：他（她）急着要出来了。

这时，他晃晃手，蹲下，他的视线穿过树底部的空间，去望林带外边的绿洲。他说有人进来了，鸟儿知道有人闯进来了。

她察觉林带像屏住呼吸那样——鸟叫声戛然而止。

他舒了一口气，说是一条流浪的狗。

她笑起来，笑得像刚生蛋的母鸡，说，这回，你没听懂鸟的话吧？

他说你就不能把声音降低点吗?

她说我笑得很响吗?

他说你进了林带,说着说着就拔高了声音。

她故意悄悄地说:我觉得我的声音你听不见。

鸟儿的叫声顿时响起来,似乎刚才是一场虚惊。她觉得鸟儿的叫声灌满了林带,树枝树叶也响应着喧哗——一阵沙漠刮来的风闯入树林,风进入树林,片刻就疲软——没了威势。

他又蹲下,蹲到她腹部的水平,他的耳朵贴近她的腹部,他故意往后躺倒,说这小家伙,真厉害,踹了我一脚。

她响响地笑了。鸟儿的叫声又戛然而止,好像留出她的笑声。随即,鸟儿的叫声重又响起。她说这小子大概好奇,想出来看看到底发生了什么事。

他说这小家伙喜欢鸟儿。

她说我有点累了。

他说鸟儿该归巢了。

阳光已经垂直着穿进树林。林底下,斑斑驳驳的光点,顿时凝滞不动了。小木屋里传出笑声。笑声像鸟儿一样在林带里飞,而鸟儿的叫声又漫过来。不久,世界上最大的鸟巢——小木屋静谧了,像羽毛丰满的鸟儿飞出了鸟巢。

原刊:《西湖》2011 年第 6 期

我头顶那一盏灯

彭老师说我头顶亮着一盏灯。

我那时走读军垦农场偏僻的三营耕读小学，有点全托性质。我家居住的连队离营部三里路，晚饭后，班主任彭老师送我还有另外两个同学回家。两地之间，有一片不大不小的坟地。每回穿过坟地，便生出恐惧，担心传说之中的死鬼出现。坟地荒芜而又阴森。彭老师教我们算术课程，作为奖赏，他每堂课总是讲个神话故事。那时，我的心灵世界里，都是那些变幻莫测却又可爱有趣的神话角色，以致那片戈壁沙漠中的绿州也成了神话的世界。因此，彭老师说我头顶亮着一盏灯。我并不奇怪，只是我自个儿看不见，我看看同班两个同学的脑袋并没有亮光。

这个说法传出去，连队、学校的人们都来瞧稀奇。彭老师威信很高，可是，人们看了我都失望，说彭老师老花眼了。

彭老师并不反驳，只是自信地笑笑。他说有些东西，并不是每个人都能看见，但它存在着。

我疑疑惑惑，有时候，伙伴一起藏猫猫，我绝不钻草垛，生怕头上的灯引起火灾。我相信彭老师的话。想象里,我头上确实亮着一圈光。我看不见。

彭老师格外严格了。我喜欢算术课,却更喜欢玩耍,玩耍起来一切都抛在九霄云外。正是贪玩的年龄呀。

那天,彭老师唤我去他那间办公室。我心里像揣了一窝小兔一样乱乱地蹦跳。

彭老师摘下老花镜,拍拍桌面的作业簿,绷着个脸,说:"你这两天咋了?"

我的脸火热火热地烧,说:"没咋。"

彭老师生起气来,样子很凶,说:"今天布置的作业你动脑筋了吗?"

我低下头,流起泪了,照实说:"我抄了同桌的作业,我生怕来不及交作业。"

彭老师说:"好吧,现在你做一遍。"

我出了差错——我抄袭的时候也没动过脑筋,演算过程出了错,结果却对了。

彭老师说:"一盏灯,灯光怎么会暗下去呢?"

那以后,只要我撒了谎,头顶那盏灯的亮光总会暗淡下去,我知道只有彭老师能看见我头顶的那盏灯,连我自个也看不见。外界都说彭老师迷信。我想我头顶确实亮着一盏灯。我不再撒谎了。

小学毕业,我进场部中学读书,寄读。我仍坚持不撒谎,再考入沙井子中学读高中,后来,我考入阿克苏地区师范。大概是阴错阳差,录取的竟是文科。我再没见过彭老师。渐渐地,我开始说些个谎话,而且极力编得圆些,否则弄得很狼狈,撒谎的起点是说真话受过两回惩罚。

我的年龄一天天增长。我开始划开神话世界和现实世界。我想象我的头顶那盏灯的亮光逐渐地暗下去。我撒谎了，就有这种感觉。已经无颜碰见彭老师了，虽然我一旦撒谎脸就发烧。

　　现在，我头顶那盏灯已没了亮光，我想。不过，我常常怀念彭老师——一脸络腮胡，戴着副老花镜，很慈祥的模样儿，我却害怕哪天意外地邂逅他。

原刊：《当代小说》1998年第6期

入选：《小小说选刊》1999年增刊选评

《中国新文学大系》第十六集（微型小说卷）

获奖：《微型小说选刊》第三届"我最喜爱的微型小
　　　说"奖（1999年颁）

《当代小说》1998年优秀作品奖

大名鼎鼎的越狱犯哈雷

大名鼎鼎的越狱犯哈雷在一爿街头小吃铺被两个捕快捉拿了。他正在吃一碗洋葱面,吃得有滋有味。他说:"我填饱了肚子就随你们走,当初,我就是肚子空得受不了犯了你们的事。"

哈雷早料定有这么一天会那样,他喝尽了面汤,撸了一把留着胡须的下巴——那是街头巷尾张贴的通缉告示描绘的形象的突出标志。他说,我们走吧,那口气,倒似两个捕快是他的保驾。

哈雷的名气靠越狱赢得,再牢固的监狱,不出几天,便没了他的踪影,狱卒不知为他遭受了多少惩罚,可是监狱里查不出他逃跑的痕迹。这回,他被关进了一间特别的牢房,窗户容不下一个脑袋,墙壁一律采用花岗石,而且用料厚实。

哈雷几次三番越狱,狱长已被削职,当了一名普通的看守。

他发誓要挽回名声地位。锁了牢门,他对哈雷说:"这回,你变成小鸟也飞不出去了。"

哈雷的手和脚都戴上了沉重的镣铐。他挑衅性地冲着铁栅门的看守笑笑，说："过两天，我想出去散散心呢。"

看守说："咱俩打个赌，你有本事出去，我在家里摆一桌酒席，替你接风。"

哈雷说："现在，我先睡个安稳觉，到时候，我保准登门拜访。"

看守说："你不是属鸭子的吧，肉煮烂了，嘴还硬呢。"

哈雷说："想象可以冲出牢笼，等着瞧吧。"

哈雷闭起了眼，他想，谁能控制我的想象翅膀飞翔呢？看守隔一阵，来看一趟，哈雷竟打起呼噜。其实，哈雷真的睡着了，不过，他的梦里，出现的是一座一座的监狱。不知过了多久，他苏醒了，一身轻松。他望着高处的蜂窝似的小窗户，他知道又一天开始了，他的脑子里被一座一座监狱占据着，都是他蹲过的地方。

他开始怀疑自己的想象能力了，他担心热闹的街市、茂密的森林、辽阔的蓝天不再进入他的梦境，而他凭借的就是这些，难道一次一次蹲坐监狱，逐渐斩断了他的想象翅膀？

他再看见铁栅门外看守的面孔的时候，他懒得瞧了，那得意的表情像无数根绳索捆绑着他，他痛苦地凝视着厚重的现实——压抑的花岗石墙壁。他索性摊手摊脚地躺着。除了睡眠，他还能干什么呢？睡眠能够提供无限的机会。还是睡吧。临睡之前，他听到了一声鸟鸣，或许是一只笼中的鸟的婉鸣，却很悦耳，他倒愿意想象它在一片叶茂的枝头歇息。而且，他听到羽毛在风中呼扇的气流声。

于是，第二天，他站在了一片森林里，那是城外不远的田野。他庆幸自己的想象还没有枯竭。不过，他想到了约定，看守承诺的一桌酒席，确实，饥肠"咕咕"，他撸了撸胡须，打算替胡须间的嘴巴了结一桩事情那样，他往城里走。

城门一侧，又张贴出通缉他的告示，悬赏奖金高出上次。只是，士兵只查出城人，谁能想到一个越狱者还愿自投罗网。他径直前去看守的家。他闻到了那里飘来的肉香。看守正在显示自己的烹饪手艺。

哈雷步入大院，远远地拱手道谢："让你破费了，实在抱歉。"

看守正忙乎，喊："沏茶，哈雷，你稍候，我再露两手。"

呷着酽茶，哈雷甚至想哼一段小曲，可他克制了冲动。只一会儿，看守解掉围裙，说："好了，喝酒。"

俩人对坐。看守说："你的身价看涨嘛。"

哈雷说："要不，我补偿你？"

看守说："你放心，我可没布设陷阱，我清楚，再坚固的牢房也关不住你了。我只是想请教请教你。"

哈雷一仰脖，吱溜，一盅酒热热地落肚，他说："谁能料到，我在你这儿呢？请讲。"

看守说："你现在在哪里？"

哈雷说："不是在你府上吗？"

看守摇头，说："你又回老地方啦！"

哈雷乐了，欲说不可能。但是，他忽然察觉他坐在两天前进去那样的牢房里，他的脑袋顿时缩小了，像是掉进了一个深不可测的枯井。

看守已经隔着铁栅门冲着他微笑。一连数日，他的梦境里出现的全是牢房，牢房，牢房。牢房主宰了他的脑袋，他已失却了梦见其他事物的能力。牢房是他的大脑了，他又装在自己的脑袋里，后来，他连梦都不做了，一个一个夜晚，像是一个空穴，时间消失在里边，没了进展。看守又恢复了原职，狱长颇为得意，说："天底下唯我能降服你，这是我俩的秘密。"

原刊：《微型小说选刊》2003年第3期

珠子的舞蹈

国王接纳了一个老人的进贡。据老人自称，他代表他所在的那一方土地生活的臣民，表达对国王的拥戴，这两颗珠子便是明证。

国王占领这个王国，屡受刺杀、谋害，他觉得这个王国处处隐匿着敌人。他还是第一次看到臣民的忠诚表白。

老人说："陛下，我这一对珠子是家传珍宝，它们一碰着毒药就兴奋，兴奋地跳舞。"

国王大悦。他现在时常面对膳食提心吊胆，已有数名侍从中毒身亡。他进食前，必须有侍从率先品尝把关。国王立即安排了放毒药的菜肴。

果然，两个珠子浸入菜肴，便一跃而起，兴奋不已地蹦跳，在桌上此起彼伏，像是经过严格训练的王宫舞女，跳得姿态优雅，还不时地相互碰撞，发出清脆的响声。

国王给予老人丰厚的赏赐。他开始欣赏这对珠子，像玛瑙，又不是；似玉石，也不是，这是两个稀世珍宝。有了它们，国王顿时消除了疑虑和心病。不过，他清楚，要在灵魂上征服这个王国并非容易的事情。

两个珠子成了国王的忠实侍从,这个秘密仅限于国王,可是,还是不断地有人自投罗网,隔数日,两个珠子就对送来的菜肴跳舞。国王立即发旨追查投毒罪犯——膳食房的厨师、帮手,又牵连各自背后的王国官吏,一抓就是一串子。然后又招纳和任命一帮新手。

很快,王宫上下,都知道了那两颗珠子。国王对两颗珠子宠爱有加。他要求保管珠子的侍从:珠子享受亲王的同等待遇。珠子是物件,无法加官增禄,但是,在形式上珠子政治、生活的待遇已超过了宫内的宠臣。甚至,国王听政时,珠子陪伴其左右。

众臣不免对珠子敬畏,仿佛珠子能识别出他们的心灵阴暗。那段时间,王宫内平安有序。每逢国王用膳,那两个珠子已成了必需品,它们幸福地浸泡在国王的膳食里,而且,国王并不取出它们。

国王举动木勺时,先去碰碰碗盘中的珠子,那一刻,国王显出了慈爱之情,两个珠子如同聪颖、顽皮的王子。他说:"来,你们和本王共同进餐。"

直至国王放下碗勺。珠子沾满了油珠和饭屑。侍从当着国王的面给珠子"净身",那是用羊奶或驼奶又浸泡了鲜花的花瓣制成的净身液——特别是初开的沙枣花,细碎的花朵,浓郁芳香,国王最后会捧着珠子吻一吻,那是无限的深情。国王觉得珠子维系着他的性命。侍从在替珠子"净身"的过程中,稍有磕碰,国王便动怒。其实,珠子舞蹈的时候那么剧烈不也没有丝毫损伤吗?

宫女的舞蹈已不能吸引国王了。可是,国王又生出忧郁,毕竟珠子长久没有舞蹈了。国王喜欢欣赏珠子的舞蹈,而珠子一旦舞蹈,又意味着威胁的逼近。无聊之极,国王就授意在膳食中下毒,他要观看珠子的舞蹈。久违了毒药,珠子的舞蹈近乎疯狂,甚至一跃,双双落在石板地上，敲击地板的劲头使得国王心疼。国王担心它们受伤，他欣慰地想到它们的忠诚无疑。

国王不再采用这种方式取悦了，他沉浸在对珠子的舞蹈的回忆之中。他在最后那一次珠子的狂舞中感到一种死亡的气息。于是，国王格外地呵护它们，原来的"净身"仅仅是膳前餐后，他规定，还加上早晚各一次，净身液的鲜花，本可在乡间采摘，可王宫专门修建了暗房，终年鲜花盛开。

珠子已习惯了净身，甚至，天气酷热，珠子偶尔不安地跳动——那不是舞蹈，而是珠子表达它们的愿望，国王以为珠子表演了，可一旦珠子置入净身液，它们又陶醉地平静下来。国王又要求伺候珠子的侍从在天热天冷的时候，增加珠子的净身次数。珠子始终散发出特殊的芬芳，似乎珠子已吸纳了天地间花香的精华。

国王不再观看珠子的"净身"，那是一个复杂费时的过程，他只随身佩戴着它们。他发现，珠子竟能刺激他的性欲，他也像珠子一样疯狂地舞蹈，只是，床铺是他的舞台。国王在舞蹈中仿佛在模仿珠子的舞蹈。他惊奇自己竟然这么精力旺盛，他认为，这是珠子赋予他的力量。

不过，不幸终于发生了，那个不幸似乎酝酿了许久——国王中毒了。那次用膳，照常是珠子浸在膳食的碗里，珠子没有作出反应，它们应当及时地舞蹈呀。

国王腹中绞痛，他知道可怕的谋杀终于降临了。他望着珠子，说："你们怎么没舞蹈？"

那个献珠的老人来了——国王早已安排老人在王宫里当差（看护花房）。国王忍痛责问老人，说："你谋害了本王。"

老人笑了，说："陛下，是你过分宠爱了珠子，我的祖辈起，珠子都洗浴的是毒水,它们本来对毒药很敏感,我说过,它们一碰毒药就兴奋地舞蹈。"

国王说:"可,它们没有舞蹈……"

老人笑着平静地说:"陛下,你改变了它们的本性,它们已习惯了你安排的生活。现在,它们一碰净身液就跳舞了,你忽视这一点了。"

国王的口中流出乌黑色的血液。他生命之火熄灭的最后那一瞬,脑子里闪过的是一对珠子的狂舞。

原刊:《文学港》杂志 2004 年第 1 期

入选:《2004 年中国微型小说精选》

日本《莲雾》杂志 2012 年第 5 期

《小小说选刊》2004 年第 18 期

《微型小说选刊》2004 年第 9 期

获奖:浙江省作协 2003—2005 年度短篇小说奖第三届全国微型小说年度(2004 年)一等奖

失 眼

珠宝商吐鲁木带来了一颗钻石，奇大，有四十克拉。吐鲁木打算卖给国王。他知道收藏钻石是国王的癖好，但是，国王鉴赏钻石的眼光仅仅是一般的水平。

吐鲁木削去钻石本来的尖头，主要是迎合国王的眼光。国王期望钻石闪出纯洁的光泽，尖头削掉了，钻石便闪烁出迷人的光彩。我说：这块钻石还是保留尖头为好。

吐鲁木说："国王喜欢这样。"

我可能过分耿直，我说："你不该投合国王的胃口而改变了钻石的本色。"

吐鲁木表示一定要赢得国王买他的钻石这份荣誉，这关系着他能否做更大的生意。他说："你是王宫的金匠，国王宠信你，我相信，国王一定会征求你的看法，你帮个忙，我拜托你，尽可能地赞美它。"

我说："我只能根据自己的判断来表态，我的职业决定了我对那颗钻石不抱任何个人偏见。"

吐鲁木说:"你的表态有权威,你将得到与你的赞美相应的报酬,不过,我告诉你,国王已看中了那颗钻石,我打算以一千五百两黄金的价出手。"

我不过凭着吐鲁木描述的钻石的样子来想象,因为他没让我亲眼鉴定,说是仓促来拜访——那么贵重的钻石恐怕遗失了。

过了两天,国王来金匠作坊视察。国王隔三差五会来光顾。国王拿出一颗钻石,凭着它的形状,我一眼认定了是吐鲁木描述的那颗钻石。描述和实物毕竟存在着明显的差异。说实话,钻石的水色不如吐鲁木描述的那么好,只不过削切了的尖头抵消掉了或说遮蔽住了它内在的不足。我心里不愿让国王买下它。

我清楚国王的脾气,一旦认定一样事儿,其他的建议进入不了他的耳朵。可是,国王的态度十分诚恳。我一时语塞,不知国王期望我说什么。

我恭谨地问:"陛下,您可买下了?"

国王说:"已谈定了,我想听听你的见解。"

我不想避开我对这颗钻石的真实的想法。国王是想听取我对它的赞赏,还是对它的鉴别?王宫金匠的性命常常系在一根头发丝上呀。幸亏国王现在的情绪如同灿烂的阳光。

国王爱不释手地把玩着那颗钻石,甚至流露出没有我在场一样陶醉的情绪。他说:"你看看这颗钻石的边缘有多么美妙。"

我没有勇气立刻指出那是尖头被削切后造成的效果。我说:"内在的水色还没达到最佳的成色。"我差点分析它的透明度和光泽度的现状了。我发现国王的表情显出了奇怪的不悦。

国王说:"你还是估一估它的价值吧。"

吐鲁木已对我说过,我揣度国王买下至多不超过一千三百两的价格。珠宝商估价有个蹊跷，出手前和出手后的估价是两码子事。我担心我的话在国王的晴空布上了阴云。

我说："陛下，您大概付了一千八百两吧？"

国王"啊"地叫出了声，拉下脸，说："你简直混饭吃，我发现你对钻石一窍不通。"

我说："陛下，我对得起我的手艺，陛下，我斗胆说一句，您可能注重了维护这颗钻石的身价，而我琢磨的则是它的实在面目。"

国王说："不管怎样，你失了眼，你贬低了它。"

我说："陛下，能告诉我，您付了多少黄金吗？这样，我可以从陛下的角度来看它了。"

国王讥嘲地瞥了我一眼，说："两千五百两，两千五百两呀。你失眼了，我曾经那么相信你。"

我还能说什么？还能怎么说？显然，吐鲁木轻易地骗取了来自国王的赞誉，而且耍弄了国王，国王却蒙在鼓里。国王只不过期待我从行家的角度赞同他的观点罢了。我不得不离开王宫金匠作坊，而且，我拒绝了吐鲁木的佣金。吐鲁木竟然掌管了金匠作坊。

原刊：《金山》杂志 2003 年第 5 期

入选：《小小说选刊》2003 年第 14 期

《微型小说选刊》2004 年第 13 期

会唱歌的果实

童连长派我去守护瓜地,倒也暗合我的性格。

我的性格孤僻内向。按连长的说法是三棍子打不出一个闷屁来。

可是,我喜欢默默地聆听大自然的声音,鸟呀、树呀、风呀、雨呀,我能听懂它们的述说,那简直是音乐。

连队的瓜地有一棵很粗的胡杨树,独立的一棵。瓜地处在绿洲和沙漠的结合部,沙地长的哈密瓜、西瓜,很甜很沙。

瓜棚就搭在胡杨树下,树身是个梁柱。早晨,傍晚,我听着棚顶的枝桠里的麻雀吱吱喳喳地说话,仿如在开一个没完没了的会。听久了,就像是麻雀的合唱——那是起床的序曲和催眠的晚唱。

胡杨树有两种叶形,上边是圆叶,像杨树叶;下边是眉叶,像柳树叶。枝叶很繁盛,阳光都刺不进,落在地上,是一片偌大的荫凉。沙漠边缘晒得耀眼,却凉爽,配着沙漠拂过来的风,又充入了树叶清新的气息。

我不知道树上栖着多少只麻雀,它们什么时候飞入,什么时候离开。凭着叽叽喳喳的吟唱,可以推测像一个连队数百号职工集中开会一样。

我接受护瓜任务时，瓜蛋子只有核桃那么大，可它们像吹气球那样地生长。我猜，它们在听麻雀的吟唱，我甚至感到瓜们幸福的样子，而且，瓜们也在哼唱，后来，我听到风拂过瓜的声音。

我称树上栖的麻雀是"会唱歌的果实"。胡杨树不结果，所以，它十分珍惜栖在它身体里的麻雀，护着掩着。我站在树下，看不见麻雀，只能听见麻雀的歌唱。而且，我想象着麻雀的唱词——有那么多可爱的瓜们当忠实的听众。

甚至，我能听见瓜们发出的微笑——那是甜甜的瓜汁，我以为，只有陶醉在美妙的歌声里，它的心窝才孕育着甜蜜。第一次卸瓜，连队的职工反应是今年的瓜特别甜。

连长认为是选对了土地。这片瓜地成熟的瓜比农场其他瓜地的瓜竟提早了半个月。我看见平时跟我交往的职工——瓜汁的甜蜜很快反映在他们的脸上，我想，那是哈密瓜、西瓜享受了"会唱歌的果实"凝结的微笑，似乎人们在听"会唱歌的果实"的原唱。

连长说："小伙子，看来，我派你派对了，你把瓜领导得那么甜。"

我笑着说："我每天都让瓜听歌。"

连长说："下回，农场文艺汇演，你爆个冷门。"

我说："我不会唱，我这莫合烟的嗓子，唱得别人非起鸡皮疙瘩不可。我能听见唱，瓜也能听见，瓜一听，它们就老是笑，笑得一肚子蜜甜。"

连长重重地拍了我的肩膀说："你在编故事，一个人在那里守瓜就乱编了。"

我的话已经多了——我察觉，我是夹在社会和自然中间的一个角色，两头都没有接纳我，可我能听懂两头的声音。连长怎能理解？再说下去，他一定以为我大脑出了毛病，连长的眼神已流露出疑惑。

还有，连长相信胡杨树的"果实"吗？会唱歌的果实。胡杨树没有刻意结出果实，但那么多的果实不愿意离开胡杨树，果实会飞，它们似乎知道我不会伤害它们。

反正，连长乐不可支，他派车向场部的首脑"进贡"，场部指定我们连里的瓜专门用来接待上边来视察的头儿。我对连长传达的场部"首脑"的微笑无所谓，我欣慰的是"会唱歌的果实"已经得到认可。

连长说："那是麻雀。"

我说："我起了个名字，会唱歌的果实。"

连长说："只要能叫瓜甜，使劲叫它们唱。"

我发现，连长出现，麻雀的歌唱便戛然而止，好似一个猎手潜入了鸟林。我暗暗地希望它们唱起来，甚至，我心里替它们领唱。只有风经过的树叶的喧哗，像是掩护我的"会唱歌的果实"，它们不敢暴露出来。这说明我和连长的差别。

九月，一地的瓜，像戴着头盔的伏兵，大的、小的，都匆匆地赶着去成熟，那是它们的结局——像是列车即将抵达终点站，透出无奈和仓促，而胡杨树的叶片已经泛黄，成熟的黄色。不过，它的"果实"还是那么天真、执着，照样早早晚晚地吟唱，这是我的时间，我没有钟表。

那天晚上——沙漠涌来了浓重的乌云，蜻蜓低空忙碌着，我知道有一场暴雨将要来了。再过半个月，我又要回连队了，因为，要卸园了。

我听着麻雀的歌唱，有点异样。其中有不祥的声音，只有我能分辨出。歌声护送我进入梦乡。雷声惊醒了我。是雨声，夹着地面滚过的雷声，还有利剑般厮杀的闪电。后来，暴雨的单调喧嚣声淹没了一切声音。

我不安起来。暴雨冲刷着棚顶的树叶。短暂的雷阵雨过后，是宁静，静得能听见雨水珠子的滴落。床下边水在淙淙流动。

清晨，我觉得缺少了什么。对了，没有歌唱了。我走出棚，地上躺了一片麻雀尸体，夹着落叶。我想不到枝叶中曾有过那么多的"会唱歌的果实"——它们还没有成熟，却落了一地。它们的羽毛都浆湿了。

我收集起它们的尸体，挖了个坑，埋起来，好像把一本歌曲集藏起来。过几天，连队派一个青年班来卸园，足足装了三个拖斗，带上我的铺盖。

连队分配最后一批瓜。那天，连队宿舍门前的垃圾堆里，丢满了剖开来的瓜，竟然都是生瓜蛋子。都弄不明白这个季节瓜咋还生？好像是我做了手脚，拖延了瓜的成熟。

我不声不响。这些瓜，最后的那些日子，再也听不见歌声了，它们听惯了歌声，没有歌声，就没有微笑——微笑的结晶是甜蜜的汁液。我想到一场突如其来的暴雨，击落了一树"会唱歌的果实"。我说出来，连里的大人小孩都不会相信。我再也没见过一棵树上藏有那么多鸟儿。

原刊：《金山》杂志2004年第4期

入选：《微型小说选刊》2004年第13期

过冰达坂

我徒步穿过山下的炎炎夏季，进入山上的寒寒冬天。我打算翻过冰达坂，去拍摄山那边的草原。

到达雪线，背后的绿色，面前的白色，截然分明，却都镀上了黄昏余晖的绯红。山峰直插青天。我闻到了凝固的冰雪的气息，一阵一阵的寒气袭来，我打了个冷颤。我辨别不出路的痕迹。

我听说过，冰达坂有条路，却没人说得清那条路存在的时间。我走过无数条难走的路，我自信，有路，我就能走。那路，似乎隐匿在冰雪里。我得找出那条路的线头，它就在冰达坂的腹部。冰达坂就是我探险式摄影线路中的一个自我选择的考验。

我听见一声打招呼性质的干咳，像是冰达坂发出的声音——冰块落在冰块上的声音。

一位穿着翻毛羊皮大衣、戴着巴达姆小花帽的汉子，他扛着一把冰镐。猛一眼，以为是冰山脱离出的人体冰雕，使我想起关于雪人的传说。

他的手在空中划了个弧，说："你要从山这边，去山那边？"

我点点头，说："是呀，过冰达坂，我找不到路。"

他那手势，语气，似乎冰达坂在他划的弧的范围里。他笑了，说："你当然看不见路。"

山下的客栈老板告诉过我，山上有个专门护送过冰达坂的人，还说，那个送别人过冰达坂的人就住在冰达坂上，可能住在冰窟里，或岩洞里，谁也没见过他的居所。

我真幸运。我猜出面前这个汉子就是送过客过冰达坂的人。他说："跟我来。"

我说："明天一大早再过吧，现在太阳要落山了。"

他说："你没翻过冰达坂，那就今晚翻。"

我们在一面冰壁前停下来。他挥动冰镐。我想，那就是路的"线头"，我看不出有一点路的影子。冰碴在冰镐的凿击中飞溅。我跺着脚，吐口唾沫，眼看着唾沫落在冰地前已凝结成了冰疙瘩。

飞溅的冰碴子落定，眼前，有一段台阶似的冰路了。他丢给我两块羊毛毡子，两条绳子，示意我裹上。我裹住了旅游鞋。我跟着他走过冰坡，它是冰崖上的一个缺口，仿佛我们进了一个白色巨兽张开的嘴。我想，这就是过冰达坂的引子了。

我说："我怎么看不出这里有路？"

他说："没人过冰达坂，我就不去敲这路。"

我说："你一敲，路就敲出来了，要是没人过冰达坂呢？现在，有柏油路，高速公路，可以绕过冰达坂了。"

他说："没人，我就等……哦，当心。"

我吓了一跳。出了巨兽的嘴，竟是绝壁。眼下，是幽深的峡谷，一条蜿蜒的河在最后一抹夕阳里闪闪发亮,犹如一条银色的飘带。我觉得那峡谷像要把我吸引了去。我差一点叫出声来。

他说:"别出声。"

我屏住气,似乎一出声,会惊动沉默的冰雪。我听见一种恐怖的声音,像虎啸,如狼嚎,那是风穿过冰山发出的声音。

他伸出手。我握住他的手。他的手心热得像火。我冰凉的手似乎要在他的手里融化。他指指峡谷,摇摇头,意为不要去看,他要我看脚下的不是路的路。我的手在颤抖,是冷,还是怕?

我慢慢挪步,几乎是蹲着,身体贴着冰壁。

眼看不过百把米,却挪了半个来钟头,我猜,是冰雪逐渐叠加,填充了原有的路。接着,确实出现了路的影子——可以过毛驴车的宽度。我可以直起身子走了。

我望着层层叠叠的冰山,我说:"这路,谁开辟的?"

他说:"我爸爸说我爷爷活着的时候,就有了这条路。"

我说:"你爷爷那辈开的路?"

他说:"爷爷出生前,已有了这条路,哦,到冰达坂的山顶了。"说毕,站住了,掏出个壶来,说:"来,喝一口。"

我接过扁扁的水壶,热辣辣的满口,是高粱烧酒。流进胃,又燃遍全身。我说:"这酒劲真大。"

他有一部浓密的络腮胡子,仰脖喝酒,仿佛往草丛中浇水。

我说:"你就等在冰达坂这边,等人过冰达坂,没人呢?"

他说:"就等,等出人来。"

我说:"你一定在等一个你要等的人。"

他笑了,说:"也没一定要等的人。"

我说:"那你等什么?"

他说:"山这边有我的朋友、亲戚,他们想起要过冰达坂,我就陪,山那边有他的朋友、亲戚,也有我的朋友、亲戚。"

我说:"山这边,山那边,都有你的亲戚、朋友,你怎么不跟他们待在一起,却一个人待在冰达坂上边。"

他说:"我爸爸埋在冰达坂上,我爷爷也埋在冰达坂上,我爸爸说,我们家的祖坟就在冰达坂上。"

我说:"你家世代都是送别人过冰达坂的吧?!"

他笑了,笑得很响。有窸窸窣窣的声响,是细细的冰碴流下来,似乎冰山被他逗乐了。

已经能见到雪线以下的松树了。路又缓又平。这是冰达坂朝阳的一面,可以望见东西方的微亮——地平线把草原和天空截然分开。辽阔的天和地。

我说:"我本来打算等到天亮过冰达坂呢。"

他笑了,说:"要是白天,恐怕你不敢过冰达坂了,夜晚把冰达坂最险的地方给遮住了,你看不出,看不出,你就敢走,你看见了,你的腿就发软,鸟儿也飞不过冰达坂。"

过了雪线,他指指前边的路,说:"剩下的路,你自己走了。"

我说:"你现在返回山那边?"

他说:"我等在山这边,等到有人要过冰达坂,我们一起去山那边,两边都一样。"

我给他钱。他拒绝,只说:"你要再过冰达坂,给我带两瓶酒就行了,冰达坂用不着钱。"

我告别了他。走到天亮,我回头望冰达坂,根本看不见他了。

照相机的镜头,一下子把冰达坂的峰巅拉到了眼前,阳光给它镀上了一面金色。

原刊:《四川文学》2010 年第 2 期

入选:《小小说选刊》2010 年第 10 期 2010—1011

名家精品微型小说排行榜

左撇子

我第一次知道自己是左撇子,是在小学三年级。打乒乓球,土坯垒砌的乒乓球台,三合土(石灰、沙子、泥)糊出的台面,我抓起球拍,用的是左手。别人用右手持球拍,我换手,却使不上劲,可是,左手很顺。同学说我是左撇子。

那时,班里有个同学用左手捏铅笔做作业。老师不断纠正,可他还是用左手,他说用右手他不会写了。书写由左到右,他的左手一同按字的行进方向书写,我看了很别扭。不过,自从有了乒乓球的体验,我感到我不孤独。

有一天,妈妈叫我帮她剁饺子馅,西部过年,饺子绝对是一餐主食,很像食物的庆典。妈妈发现我握菜刀用左手,她要求我换成右手。趁她没留意,我换回到左手。

妈妈生气:"没教养,应当右手拿菜刀,你什么时候学会左手拿菜刀?"

我说:"我也没学,左手剁肉顺劲儿。"妈妈的表情表明,我这行为不吉利,说:"你爸、我都是右手,冒出你这个左撇子!"好像左撇子是不学好和没教养。我疑惑我的左手打乒乓、拿菜刀怎么就顺手,而右手怎么就别扭?而且,我焦虑——没教养。那时起,我不沾乒乓球了,我尽可能隐瞒我是左撇子。

我琢磨,右手,涉及表达想法完成功课(写检讨书、决心书、作文等),我用左手打乒乓、拿菜刀。左手管劳力,右手管智力。它们分工了。我那位同学走了极端,捏铅笔也用左手。

妈妈指责我没教养,无意中的话,却扎在我的心里,我自卑——毕竟大多数同学、大人都是右撇子。我怎么把自己孤立起来了?篮球没有把柄,左手右手都可玩,可我本能地拒绝这项体育活动。它暴露了我是左撇子。好像那是个错误,特别女生议论左撇子,仿佛我是异类,我受不了。趁傍晚,都是男生,我会去抢投几次篮球,过过瘾。

碰上镰刀,我犯难了,我们班去学校勤工俭学的稻田收割,镰刀一律都为右手服务,我的左手使不上力气。我自己也别扭:右手握的镰刀,左手去拿,手、刀、稻三者之间的关系不顺了。

老师说:"你用右手抓镰刀嘛。"

他还作了示范。我的右手就是发僵。后来,竟划破了脚。右手的镰刀不听使唤,好像故意捣蛋,遭到同学的讥笑。老师照顾我,叫我送水,左手拎水桶,一块田一块田去送水,大家似乎喜欢我了。其实大家的感情全都冲着茶水。我以为我很受欢迎了呢。渐渐地,我发现,许多劳动工具,都是专为右手设计,我甚至想:什么时候,我设计供左手使用的镰刀。

我的作文竟然使我赢得了青睐。好几回,老师讲评我的作文。我真想说:这是右手写出的作文。潜台词是:这方面,我们都一样。

我一直关注左撇子,发现一个,我总会表示友好,似乎左撇子又增加了阵容。不过，左撇子仍然占少数。长大了，我知道左撇子与大脑有关，感性、聪颖，甚至长寿，我注意搜集关于左撇子的种种优点，甚至关注哪些伟大人物是左撇子，寻得平衡和慰藉。我不再自卑。现在，我打扑克，摸牌还是左手。

不过，那时——童年、少年，我极力压抑我的左手，认为使用它似乎是没教养的表现。只是，初一下半学期，两派对峙得很激烈，有左派、右派（或极左、极右）的说法。

我发现，人们对左派能够接受，甚至左得过分，都被人们容忍、默认了。而右派，几乎是同仇敌忾。不知怎地，在一次班内辩论会上（大人的行动必然影响到孩子），我说我是左派。

有同学提异议，说："你爸爸是漏网右派分子。"

我举起左手，说："我是左撇子，左撇子是左派。"

原刊：《小说界》2012 年第 5 期

客 串

国王忽发奇想,打算随便找个王宫外的居民来他发现的地下室(地下室里有机关,两人一起进入密室,奇迹就会发生)。国王脱去王袍,穿上便服,借故支开了侍卫和随从,打王宫的小侧门径自出去了。

他悠然散步,观察沿街的景象。走着走着,他看见了一个捡破烂的老头儿,说了一些不着边际的话,最后问:"老人家,请问,你认为普天之下,谁最快乐?"

老头儿说:"这还用说,当然是国王。"

国王说:"你见过国王?"

老头儿摇头:"我怎见得着啊。"

国王说:"那么,你怎说他最快乐呢?"

老头儿说:"国王是一国之主,百官尊奉,万民拥戴,他要什么就有什么,他想做什么就能做什么,还不快乐?"

国王说:"我带你去王宫见识见识。"

老头儿说:"我一个捡破烂的老头儿,怎有这个福分?"

国王带着老头儿进了王宫的小侧门。老头儿有点慌张，可国王安慰他，说："我自会安排妥当。"

他俩来到了地下室，打开了密室机关。老头儿浑身一个激灵，国王就不见了。老头儿孤单地站着发愣，只一会儿，五六位美貌的宫女翩翩前来，说："陛下，您沐浴更衣吧。"

老头儿一时云里雾里。浴池漂浮着花瓣，芳香扑鼻。浴毕，宫女替他穿上了王袍。宫女拥着他，百官都恭敬地迎候他。丞相催促他决策政务，他却懵懵懂懂，随口了断。可是，政事仿佛没完没了，弄得他厌倦起来。史官已悄悄记载了他的得失，群臣议论纷纷，还不断提出意见。

时光不知不觉流逝，老头儿仿佛落入一个漩涡，尽管餐餐美味，但他饭食不香。大概是肠胃消受不起，他竟腹泻。宫女温柔周到，面带微笑，绕着他伺候，可他还是闷闷不乐，眼见一日一日消瘦。

夜里，老头儿难以入眠，时常想：我是真正的国王，还是捡破烂的老头儿？他好像一会儿进入国王的角色，一会儿又串入捡破烂的角色，竟弄不清到底哪个是真哪个是假。可他明明躺在御床上，这一点，似乎证明他是国王。

一天，宫女问："陛下，您有何忧愁？"

老头儿说："我恍惚觉得自己是个捡破烂的老头儿。"

宫女笑了，说："陛下，您是尊贵之体，捡破烂的充其量是您的不起眼的子民。陛下可能欲出宫散心吧？"

老头儿说："我还真想出宫走走。"

宫女送他出了王宫的小侧门（他还是恍惚着，自己现在是进门，还是出门），他清醒的时候，阳光已透过土坯屋的一方窗棂，落在他的床前，一切都仿佛凝滞不动了。

老头儿看见自己躺在炕台上,羊皮的盖被散发出羊骚味,他闻着很亲切。还有屋内堆积起来的破破烂烂,气味很怪。他周身骨头疼痛,又说不出具体哪个部位疼。

穿便服的国王站在老头儿的炕前。老头儿也想起了他。

国王说:"感受如何?"

老头儿说:"不知挨了一顿谁的揍。我是不是在做梦?我当了国王……如果当国王的滋味真是那样,那有啥快乐?你能告诉我,国王真是那样生活吗?"

国王说:"哈,我也干了捡破烂的营生,我想捡就捡,不想捡就不捡,自由自在,只是肚子老是饿得慌。"

两人都笑得捂着肚子。临走时,国王表示要赏赐他,但是,国王没挑明自己的身份。

原刊:《新课程报语文导刊》2010 年 4 月 13 日

寻找那棵胡杨树

一天,他忽然起念,要去寻找倒映在井中的那棵胡杨树。

他家住在沙漠里,仅仅是房前屋后就栽着数十株钻天杨、柳树,门前的葡萄藤,倒是给夏日带来一棚阴凉。

除此之外,四周包围着沙漠,沙漠无边无垠,并无胡杨树的影子。只是,院中的一口井水里,却清晰地映出一棵枝叶茂盛的胡杨树,而且十分粗壮,好像胡杨树就在井旁。

奇怪的是,一年四季,再旱再冻,井水不减不溢,始终保持着那个水位。有时,俯耳听,井里传来林涛之声,那是风吹过一片树林的喧响,很有气势、很有规模。逢了严冬,井中树叶脱去,偶尔还白雪盈枝。井水冬暖夏凉,清澈甘甜。他和妻子,一男一女两个孩子,不曾得过病。他时常想,那棵胡杨树和沙漠里这个家有什么关系。他决计去寻找那棵胡杨树。

太阳东升西沉,他认定一个方向,骑着骆驼穿行在巨浪般的沙丘之间。大概骆驼对水源对绿州有着敏感的嗅觉,那天,他终于望见了一抹绿。

绿在拉长、加厚。他的脑子固执地寻找一棵胡杨树，那里一定有一棵孤独的胡杨树。他走进胡杨林的时候，他还是欣喜无比，他没料到有这么一片胡杨林，而且，没有人迹。他知道，一棵胡杨树有着庞大的根系，凭着根须，繁生着无数胡杨树，像是时间的水波，胡杨林在沙地里扩展、冒出，一波一波的。但是，倒映在井水里的那棵胡杨树很孤独，类似他一家，远离人群和绿洲。

胡杨林比他想象的还要辽阔。他歇息时，想念起妻子和孩子，他甚至怀疑自己，一时冲动，竟跑出这么远。那棵胡杨树简直如同长在井中，它可能是一个幻影，根本不存在这么一棵独立的胡杨树。凭树身，它附近也该有稍小的树群，就像他有孩子。

他将妻子给他的那个荷包挂在他歇息的胡杨树树枝上，红红的一点，像是结了个果实，很显眼，绿叶衬着那一点红。毕竟到过这片胡杨林了，携带的水不允许他再逗留、寻觅。算是了却了一个心愿，他想。

返回，骆驼似乎知晓他的心情，步履很快。他随着骆驼的步履，一摇一晃，甚至打了瞌睡。中途，两次夜宿沙丘。

他回到家，妻子、孩子欢欣无比，仿佛久别数年。妻子问他，那个荷包咋出现在井中的树枝上了？

他疑疑惑惑地去瞧，果然。他说，难道我靠着歇息的树就是我要寻找的那棵胡杨树？！

回想起那棵胡杨树的形状，确实跟井中的胡杨树相仿。当时，他一根筋想去找独立的一棵树，却料不到它就在森林里。不过，井中怎么单单地映出一棵树而不是一片树呢？何况，那么遥远，倒映入小小的井中，不可思议。毕竟无意中找到了那棵胡杨树，多么运气。

晚上，他听着风吹沙流的声音。他想着沙漠、森林。他想到途中捧起沙子，沙粒在他的手缝间，水一般回到沙漠。一棵树在森林里，一粒沙在沙漠里，他琢磨不出它们之间的区别和关系。是那棵胡杨树省略了森林的背景出现在他家的井中，却给他造成了错觉。

入冬，井中的胡杨树，叶片由绿转黄，又脱落了——是消失，因为，水中并没有叶片的沉浮。但是，那个荷包还挂在枝头，像是成熟的红苹果，很可爱。他便想到原始胡杨林中的那棵粗壮的胡杨树，他还想到身边渐渐长大的两个孩子。

原刊：《小说月刊》2007 年第 2 期

入选：《小说选刊》2007 年第 7 期

第二辑・江南奇遇

纪念一个孩子

我抵达艾城已是傍晚，第二天清晨，我往一所学校赶。我是来取经的，艾城的教学自有独特的一套。

可是，我穿过广场的时候，发现广场到处都是孩子，东一群，西一伙。我以为今天要在广场举办一个什么儿童的大型活动。可是，又不像。他（她）们有的给鸽子喂食，有的放风筝，有的打陀螺（我小时候也玩过，称为赶牛），有的玩过家家，有的制陶器，有的画画，有的跳舞，好像相互之间不搭界，各玩各的，穿的服装也各式各样。我真的误以为艾城居民突然返老还童了，成了童子城。广场附近的街巷，到处都可以看到小孩，甚至房子门口，还有小孩在玩玻璃弹子（我小时候一度着迷过这玩意儿）。

学生不去学校，就如同庄稼地里不长庄稼。我观察了好一阵子，孩子们都玩得投入、尽兴，似乎把上学的事儿抛到九霄云外了。

我蹲到打玻璃弹子的三个小男孩旁边，问："小朋友，你们咋不去上学？"

一个小孩说："不用上学了。"

我说:"为啥不上学?"

小孩说:"玩呀。"

我说:"学校放假了?不到暑假时间呀。"

小孩说:"到了玩耍的时间了。"

我说:"不上学,就是玩?"

小孩说:"就是玩。"

我欲再问,他们顾不得我了,不知为啥,他们争论起来,大概有一个孩子违反了游戏规则。看来,我没有必要赶到学校去了。

不知从哪儿飞来那么多鸽子。我在广场小摊买了两小袋鸽食,加入到小孩中间,仿佛我突然还童了。我多么希望自己回到他们这般年纪呀。我有点儿讨好似的接近他们,似乎是入伙,希望他们接纳我。我给其中一个小孩一袋鸽食。他理所当然地接过去了。

我趁机问:"告诉我,你们咋不上学?"

他说:"玩呀。"

我说:"要玩多久才上学。"

他抛撒着鸽食,说:"半个月。"

我说:"谁规定的半个月。"

他说:"没谁规定。"

我说:"那为啥?"

他说:"纪念一个同学。"

我说:"你们学校的一个同学吗?"

他说:"不是。"

我说:"那个同学现在在哪儿?"

他说:"我也不知道。"

我又被晾在一边,他们走进鸽群。鸽子似乎不惧他们,甚至落在他们的手掌、肩头。只是,我过去时,鸽子却飞起避开了。鸽子防备着我。我似乎不在场,有点儿无趣。我离开,背后是孩子们天真、爽朗的笑声,好像笑的是我,其实不是笑我。我有种错觉,他们本来已是和我一样的成人,玩着笑着,都成小孩了,艾城已是一座儿童的城市。大人都知趣地隐退了。

我终于找到一个大人。他家门前,有几个小孩在玩制陶。小孩的手上脸上衣上,都黏着陶泥。大人可能是其中一个孩子的父亲,很无奈很羡慕的样子。

我说:"讨口水喝。"

他热情地沏了一杯茶,似乎生怕我立即走,还端来椅子。一个被小孩排挤的成人。我请教他为什么孩子们都在玩耍。

他说:"玩吧,玩吧,放松放松。"

我说:"到底为啥?"

他说:"纪念一个孩子。"

我说:"纪念一个孩子就都玩耍了,那个孩子一定是个贪玩的孩子。"

他说:"不是,那是个不会玩耍不会淘气的孩子。"

我说:"你认识那个孩子?"

他说:"不认识。"

我说:"那个孩子怎么发动起全城的孩子放开来玩耍呢?"

他说:"没有发动,没有。"

我说:"那个孩子现在在哪儿?"

他叹一口气,说:"去年,那孩子住了院,医生诊断不出他患了啥病。他在病床上躺了半个月,像一棵树苗缺水缺光一样眼见着枯萎了。半个月里,他什么也不说,最后那天,他的爸爸妈妈问他要啥，他说，我要玩耍。"

我脱口说："他玩耍了吗？"

他说："孩子命短，他的成绩，每门都是全校的第一名，稍微降一点，他会哭，他把所有的力气和时间都用在功课上了，孩子的爸爸妈妈很后悔。"

我说："后来呢？"

他说："后来，不知谁发起纪念那个孩子的活动，每年这半个月，允许孩子们玩，痛痛快快地玩。"

我想到，许多孩子并不知道其中的原因，一个不会玩的孩子换来了孩子们的玩。

          原刊：《微型小说选刊》2007 年第 10 期

          入选：《2007 年中国微型小说精选》

              《青年文摘》2009 年第 4 期

              《青年博览》2009 年第 3 期

              《意林》2007 年第 18 期

              日本《中文学习月刊》2011 年第 8 期

          获奖：中国微型小说学会第六届微型小说年第一等奖

              中国小说学会 2007 年度排行榜入围

启蒙教育

小偷推开半闭着的窗,避开窗台一盆兰花,轻捷灵敏地跳进屋内。他刚拉开立橱的抽屉,欲翻,突然,他愣住了。

房主立在他旁边。

小偷连忙说:"我以为屋里没人,哦,我口渴。"

房主说:"你刚才打哪儿进来?"

小偷指指窗户。

房主追问:"那叫啥?"

(小偷犯嘀咕了:今天算我倒霉。)

小偷说:"我本来……可是,我图个方便,就……就是口渴,这天气真够热的呢!"

房主招手。小偷乖乖地跟着他走近窗户。房主指点着窗台,说:"你念一念。"

小偷去瞅,脱口念:"床(chuáng)。"

房主一摇手,说:"不是床,是窗,chuāng,阴平声,不是阳平,你上过小学吗?"

（小偷疑惑：这个主儿给我设什么圈套？）

小偷说："上过吧。"

房主玩魔术似的亮出一根细棍，敲击着窗台，说："chuāng，跟我念。"

小偷便模仿房主的口气，去咬那声调字母。房主收起细棍说："记住了？"

小偷机械地点点头，说："记住了。"

房主："跟我来。"

小偷呆立着，没动。

房主回首，见小偷没跟过去，说："你不是口渴吗？"

小偷仿佛恍然大悟，说："对，对，嗓子要冒烟了。"

来到客堂间。房主用细棍敲击三下方桌，说："这叫什么？"

（小偷霎时想起刚入小学看图识字的情景，他端详着房主的脸，像是要极力拨开皱纹发现当年老师熟悉的脸庞。）

小偷说："课桌。"

房主失望地摇头，说："桌子按功能可分为课桌、饭桌、讲桌、会议桌……你还能列出什么吗？"

小偷闹糊涂了，只是鸡啄米似的点头，连说："是，是。"

房主说："这究竟是什么？"

小偷说："饭桌，对，吃饭的桌子。"

房主倒来一杯水，像是奖赏。

小偷"咕嘟咕嘟"一口气喝尽，过急，竟呛了一口，仿佛感动了，眼泪、鼻涕都溅出。

房主说："你跟我来！"

（小偷又犯嘀咕：这个主儿到底要弄什么名堂？）

两人一前一后，走出门，站在院子里，离门仅三步远。

房主拿着细棍指着门，说："这叫啥？"

小偷说："秃子头上的虱子——明摆着的嘛。"

房主板着脸，说："明摆着？可是，你刚才从哪儿进来的呢？你还不耐烦了？半瓶子醋就晃荡，你来。"

小偷说："请您多多指教，多多指教，不敢不耐烦。"

走近门。房主用细棍点一点门板上的字，说："你念一念让我听听。"

小偷瞅着"门"字，说："是念'门'吧？"

房主说："你肯定地念一遍。"

小偷脱口出声，仿佛是牛哞，却含含糊糊念了，似乎有点吃不准。

（小偷想：今天我要栽在一个难缠的高手这儿了。）

房主说："你忘了？ men，阳平声，你跟着我念。"

小偷去艰难地咬那字母，却念出阴平声。

房主说："一起念，别拉开队列，来，men。"

小偷模仿得很地道。房主说："还算到位。"

（小偷有点自豪，跟念小学那年在课堂上受到老师表扬那样。他又忍不住念了三声，有点炫耀的味道。）

房主一挥棍，如同指挥一个乐队，说："前头，你从哪儿进来的呢？"

小偷念："chuang。"

房主说："窗有什么功能？"

（小偷想：这个主儿，葫芦里到底卖什么药？）

小偷索性一声不吭。

房主说:"窗在墙壁上,是通气透光的装置。"

小偷只有点头应和的份儿。

房主说:"窗有窗帘、窗棂、窗纱、窗扇、窗台、窗玻璃。"

(小偷想:这个主肚里还真装着一些没用的货。)

小偷来了劲儿,说:"窗台上有兰花。"

房主瞥了他一眼。

小偷缩缩舌头。

房主说:"你说说门的功能?我是专指屋子的门。"

小偷立即说:"进进出出的口子。"

房主说:"谁进出?"

小偷咬住嘴唇。

房主说:"门有门板、门鼻、门环、门轴、门槛、门框、门楣……"

(这不是用一个字组词吗?)

小偷抢着说:"还有门牌。"

房主说:"我看你,说啥啥都懂,现在,你退后七步。"

(小偷想:现在,他该动真格的了?)

小偷像操练一样,一步一步,退出七步。

房主说:"你正对着什么?"

小偷说:"men。"

房主说:"现在,你知道该怎么进入一间房子了吧?"

(小偷心里还悬着:接下来,他会怎么处理我?)

小偷说:"知道了,知道了。"

房主摆摆手,像是扇一只苍蝇。

小偷是一副期待的表情,但立即反应过来,拔脚往院门奔。

房主喊:"你停一下。"

(小偷想:街上那么多来往的人,就是逃也难逃。)

小偷垂头丧气地站住,他几乎要跪下来求饶。

房主持棍指着门,说:"记住啦?!"

小偷连忙说:"记住啦!"

房主说:"不是你家的门,未经允许就不能擅自进入。"

小偷说:"知道,记住啦!"

(出了门,小偷舒了一口气,却纳闷,这个主儿倒有趣,没计较他偷窃的事儿。他忽然想起,房主手里的细棍,不就是当年地理老师手里那根指点江山的教鞭吗?)

原刊:《青春阅读》杂志 2008 年第 4 期

入选:《微型小说选刊》2008 年第 14 期

《小小说选刊》2008 年第 14 期

《2008 中国年度小小说》

《精美小小说读本》

获奖:中国微型小说学会第七届年度评奖二等奖

2007—2008 年度全国小小说优秀作品奖

鼓掌的权力

我率领滑稽剧团来到艾城作试探性的演出，我还不了解艾城，却在演出前的讲话中赞美了艾城。我说，艾城给我的第一印象是那么美好，而第一印象是多么重要呐。

全场爆发出雷鸣般的掌声。剧团是临时凑起的班子，我们那儿，已没市场。我有自知之明，这台滑稽剧十分低俗，几乎是个大杂烩。我简短的讲话结束，刚拉开帷幕，台下又掀起潮水般的掌声。我本来最担心第一幕时观众就会喝倒彩，甚至起哄，可艾城的观众却报以热烈的掌声。

我看到了剧团生存发展的希望了。观众的掌声无疑是最高的认可和赞赏。不过，他们竟然在第二幕将掌声推向了高潮。本来我打算删去第二幕，它像一个恶心的剧情"瘤"，散发着难闻的气息。于是，我对艾城观众的掌声产生了好奇。

我对艾城主持人说："我料不到本剧团能在贵市获得如此热烈的反响。"

主持人笑了，说："当然，掌声包含了另一层意义。"

我表示有兴趣："我倒听听。"

他说："艾城居民有表达自己存在的强烈渴望，而鼓掌则是一种重要方式，表示拥有话语的权力。"

我说："那么多观众都自行表达你说的权力？"

他说："我们出售的入场券，很大程度上是鼓掌的权力。"

我说："那就是说，观看演出已是次要的了。"

他说："两个方面能简单地割裂开吗？"

我附和道："不可能，不可能。"

他说："我们的居民，精神需求的重要内容，就是渴望加入鼓掌的行列之中，所以，无论有什么演出，场场都爆满。"

我说："除了加演，仍有许多市民不能入场，你怎么处理这个鼓掌的供求关系？"

他说："我们的原则是，绝不剥夺任何人的鼓掌权力，你知道，票价格外高，但是，相当多的居民还是愿意购买鼓掌的权力，并且以此为荣。"

我说："我发现观众的鼓掌很有特色，有力，整齐，仿佛有人指挥。"

他说："用不着指挥，你可能不知道，他们都经过了培训。"

我说："你费心了，怪不得剧场效果空前地好。"

他说："培训并不是针对你们的演出，我们这儿有常规的鼓掌培训班，鼓掌仅靠热情显然不够，还必须掌握科学的技巧，鼓掌培训学校的学员包括了不同年龄不同层次的市民，我们已在中小学校开设了鼓掌的兴趣班选修课。"

我说："难怪我在这里听到了世界上最悦耳最美妙的掌声呢。"

他说:"鼓掌已生出了相关产业,例如,女士用的鼓掌超薄手套、鼓掌润滑油等。艾城已创造吉尼斯纪录——孤掌的声音。"

我说:"不是孤掌难鸣吗?"

他说:"我正在筹备鼓掌节。"

我说:"让每个来到艾城的人都增强自信,这是你们的口号吧,我就信心倍增了。"

他说:"这就是我们的宗旨。"

导演仓皇地走近我,悄声说:"出了意外,二号主角突然浑身发冷,他大概兴奋过度,是欣喜。"

主持人还是听到了,说:"没关系,我出面作个说明。"

我犯愁,说:"最后一场就抱歉了,我不想让贵城观众失望。"

主持人说:"常有的事,说明鼓掌的力量,观众能够理解,他们看重的是来鼓掌呀。"

我说:"拜托了。"

主持人走上前台,说:"各位观众,剧团著名演员头一回享受这么多的掌声,他消化不良,不能继续演出,相信诸位能谅解。"

全场起立,刹那间掌声如山洪暴发,一阵接着一阵,持续着,停不下来。我听出了掌声的狂热。

主持人告诉我:"这掌声不是贬低主角的艺术,是你们的剧团给艾城带来了实现鼓掌的权力的机会,从而满足了观众日益增长的鼓掌的渴望。"

我说:"掌声是对我们的鼓励,早该来贵城了。"

稍作调整,随后数日,白天晚上,连续演出,场场爆满。我欣喜地看到,街头、广场已出现模仿我们剧情的自娱自乐的演出,围观者甚众,同样掌声不断。我猜,千余座位的剧场已不能满足居民鼓掌的权力了。我们带来的演出已普及到居民中间，我打算开设数个培训点，培训学员演出我们的滑稽戏——我们的剧团终于起死回生了。

原刊：《江南》杂志 2005 年第 6 期

入选：《微型小说选刊》2005 年第 24 期

《杂文选刊》2005 年第 12 期

《文学报》2011 年 4 月 18 日

女模肚里有条虫

女模特儿面前的桌子堆满了各种食品。我还以为她是为接待我的采访而礼节性准备的呢。

我说:"从事模特儿的行业,重要的是有一个好身段,这么多年,你仍然保持苗条的身材,有什么秘诀吗?"

她拿起一个三明治,说:"你来一个?"

我说:"一个小时前,我已吃了早点。"

她草草地吃了三明治,说:"对不起,我控制不住自己,我得不停地吃。"

我说:"模特儿应当节食,可是,你对食品充满了高度的热情,难道不怕体形发生变化?"

她的目光停留在一块蛋糕上了,她指指肚子,说:"为了它。"

我说:"祝贺你有喜了。"

她无奈地笑笑,说:"如果是你认为的'喜'倒好了,它是一条虫。"

我说:"怎么可能有一条虫?"

她说:"我吞进的一条虫。"

我说:"想不到你的食欲那么开阔,我们那儿,虫类也上餐桌了。"

她忍不住撮起蛋糕,奶油勾出了一朵美丽的花儿,她说:"对不起,我得不停地进食,我肚里的虫胃口很大。"

我说:"你干吗容忍一条虫进入你的肚子?"

她仓促地食了蛋糕,说:"我发现自己开始发胖。发胖是一件可怕的事儿,我食用了减肥用的虫。那是民间培育的有灵性的虫,它能不断清除人体内部的脂肪。"

我说:"大量进食又保持身材,原来如此。"

她说:"我现在很难走T形舞台了,因为我不能在台上边走边吃。"

我说:"那条虫胃口竟然那样大?"

她说:"它很烦,我单凭进食已无法满足它的食欲了。"

我听到蛙声,便四处张望。

她起身,打开音响,是时装表演的音乐,她说:"我放给它听,它已习惯了音乐,它听了音乐,食欲还会增强,它听不到音乐,就会咬我,咬我的肠、胃。"

我注意了,她其实消瘦了许多,甚至,细嫩的皮肤只包着有棱有角的骨骼。我做了个"歼灭"的动作,说:"你就不能打掉它,像堕胎一样打掉它。"

她中指竖在嘴唇边,示意别惊动它,说:"它已有抗药性了,我现在吃零食、放音乐,完全是为了博得它的欢喜,我已不是为了自己活着,我成了供它居住的房子了。"

我说:"它毁了你的事业,你是一个多么有希望走向全国甚至走向世界的模特儿呀,你可能不知道,你拥有众多的崇拜者、仰慕者。我来采访你,也是满足我们那儿电视观众的兴趣,艾城出了你这么个模特儿,是艾城的骄傲,所以,你是你自己的主人,你要有信心,有决心,战胜它。"

她捂着胸部,脸色刷白,她拂拂手。

我说:"你不舒服?要不要送急诊?"

她摇摇头,说:"你刚才的话过激了,它开始嫉妒了,我告诉过你,它有灵性,我能感到它在啃我的肺叶,像蚕食桑叶那样。我去透视过,肺叶有残缺,但不久能再生长出来,我已经习惯了。"

我说:"是你惯坏了它吧?它难道要掏空你的身体?"

她说:"它在成长壮大,今年,我的记性已明显衰退了,我已遗忘了过去的事情,我知道,我的记忆成了它的食物,它的精神食物,它有更高的需求。"

我说:"你可以开刀。"

她说:"不,开出一条虫,我还能在艾城待下去?况且,它已经融入我的身体,我晚上做梦,我想是它在做梦。它蚕食我,慢慢地,我获得了快感。"

我听着音乐,说:"你这简直是在胎教。"

她说:"不错,我是受了音乐胎教的启发,给它放柔慢的音乐。"

我说:"你这样不是个办法。"

她手里的一个牛角面包刚吃了一半,她跳起来。我吓了一跳。

她说:"它在走台呢,我的身体是它的T形舞台,对不起,我不得不躺在沙发上,放平了身体,舞台要保持水平面,不能竖立着,它高兴了就不会乱来,它走得多好呀。"

我的手做出"刀"的样子,说:"你不能这么宠着它。"

她躺在长沙发上，说:"我知道，迟早我会被它吃空。你去洗洗手，消毒，我差点疏忽了。"

我说:"我的手很干净呀。"

她说:"你刚进门，我们不是握过手了吗？这条虫不断地排卵，通过我的毛孔出汗排放出来，艾城已有许多T形舞台姐妹，沾了汗水中的虫卵，起初的症状就是食欲增强身体消瘦，我不想再扩散了。"

我去洗手，反反复复地洗，我端详着镜子里的我。我想这位女模特儿，她的整个身体就是个蛹，那条虫，将破壳而出，甚至，我想，那条虫一出来，便会展开翅膀——它的智力达到了人类的水平。我决定提前离开艾城。我突然感到了空前的饿。

原刊:《江南》杂志2005年第6期

入选:《小小说选刊》2005年第21期

《文学报》2011年4月25日

获奖:第三届小小说金麻雀奖获奖作品

桃　花

艾城最年长的阿婆卧床不起了,她的气息微弱。她的床头摆着一竹篮水蜜桃。这回,桃子是外孙采摘的。本来,这是她的事,而且,由她去院子里,一户一户挨家赠送。院子里的桃树已纷纷落叶,地面的叶片被秋风驱赶着,盲目地拥来拥去。

外孙递一个一边粉红的水蜜桃给外婆,桃子已软,表皮发皱,她连捧也捧不住了。屋外的院内,传来争吵声。似乎是争夺桃树的归属:都声称当年是自己的前辈栽植了桃树。

阿婆终于捧住了桃子,却随时要滑落出她的手那样。她的嘴唇翕动着,似乎要发出声音。她慢慢地撑起身,倚着床档,喝了一口外孙送上的温水。

这时,外孙看到,水蜜桃表皮的皱纹已平展,他接过来时,桃子已硬滑了。阿婆起身,用粽子般的脚尖去够垫板上的鞋子。

这当儿,外孙嗅到了淡淡的鲜桃的气息,像刚从树上采摘下来一样。外婆来了精神气儿,颤颤巍巍走出房门。外孙以为这是回光返照的迹象。外婆竟不让他搀扶。

起风了，不知哪来的风，不大。本来，石板地面上的叶片像羊群一样簇拥着，这时叶片竟然漂浮起来，如一群惊飞的鸟儿。外婆手里的竹枝扫帚在地上空空地划拉着。外孙几乎叫出来，因为，叶片登上了树枝。

外婆像轰一群雏鸡那样，哦哦哦地吆喝起来。外孙发现，外婆的白发渐渐地变黑，染过了似的。他听见屋里有什么东西蹦跳的声音，还没回过神，眼前飞过一群桃子，争先恐后地栖到枝杈上边。

外孙乐开了。一树水蜜桃，沉甸甸地坠满了枝头。外婆去拔刚刚拱出土的青草，可是，青草如同捉迷藏，一缩身子，钻进了泥土里。外婆说，看你们再淘气。

外婆拎起吊桶，去院子东隅一口井汲水。小小的"金莲"点着石板地，很有节奏。外婆的皮肤红润了，而且腰板直了起来，发出了外孙常听的母亲那样的青春的女音。

外孙担心树枝承受不了桃子的硕重，不过，他察觉，桃子表皮仿佛卸了妆，褪去了粉红。果实青青，而且，像在收缩，眼见着小起来。他想，桃红传到外婆脸上了。

外婆的动作那么麻利，本来都是支差他去汲水的呀。外婆舀着桶里的水，浇着桃树根部的那片泥土，还有附近陶盆里的花花草草。她额头上闪着发亮的汗珠，像一粒粒珍珠。

桃子已缩小到指甲盖那般大小，生出绒毛。枝条舒展起来，显着轻松的姿态，悠悠地晃着，仿佛突然卸去了重荷。

外婆却不在意什么。她挑掉一条绿色的毛毛虫。一只母鸡兴奋地赶过来啄食。整棵桃树上的小青果像被桃树本身吸收了一样，却绽开粉嘟嘟的桃花。紧接着，他听见了蜜蜂"嗡嗡"的吟唱，它们在花丛中飞舞忙碌。

外婆摘了一朵桃花。她喊了自己的名字：桃花。桃花似乎害羞了，蜷缩起花瓣，便有了一树的花骨朵儿。只有外婆手中的花朵还保持着盛开的状态，却渐渐干枯，风一吹，脱出她的手指，飘落在木花格的窗框里。

外孙喊："外婆外婆。"外婆站在他旁边。他打量着外婆。外婆说："怎么，你咋这么看我？"他吞吞吐吐地说："外婆，你像个小妹妹。"外婆发出小姑娘一样的笑声。

外孙呆呆地去看桃树，那眼神，像是寻觅什么。树上的花骨朵儿连影子也没有了。树叶嫩嫩地扑闪着，树身好似缩起来，原来碗口粗的树干，却只有他胳膊那么细了。他担心树藏进泥土里，溜了呢。

外孙赶过去，想设法阻止树的行动，树已成了一棵幼树。外婆在培土。外婆说："种下这棵桃树，你等着将来吃水蜜桃吧，多汁、甜蜜。"

这时，外孙听到屋里传出哭声，是他的母亲的哭声，他闻声奔进屋。外婆平躺在床上，已闭上了眼，脸上凝固着微笑，像在回忆一件甜蜜的事儿。他连忙奔到院子，小心翼翼地取下窗棂上的那朵桃花，希望外婆看见花儿能够突然苏醒。他看着外婆一头的白发，梳得一丝不苟。

第二天，艾城的报纸，报道了他外婆无疾而逝。仿佛一段历史被隐去了。文中称：桃花谢了。

原刊：《小小说选刊》2006 年第 1 期
入选：《中国小小说 300 篇》
《2006 中国年度小小说》
获奖：第三届小小说金麻雀奖获奖作品

提前草拟的悼词

艾城规则管理局刘局长的妻子来找我的丈夫撰写悼词，我知道刘局长的大限已到。

撰写悼词，对我的丈夫来说，是小菜一碟。他是艾城的自由撰文人，不是媒体的撰稿人，而是艾城数个部门的撰文人。艾城规定（也是刘局长这个部门出台的规则），部门不得设专职的秘书。主要领导的讲话稿，皆由领导自己撰写。这就导致艾城出现了一批暗聘的"秘书"。

我的丈夫接受了为刘局长写悼词的任务。刘局长的妻子面色不佳，她说："刘局长一直很看重你，所以，他的悼词由你起草再合适不过了。"

我清楚她的潜台词。丈夫时间观念很强，他讲究信誉，他问："什么时候交稿？"

她说："刘局长离开的时候。"

丈夫问："他现在的情况如何？"

她说："不好，医生告诉我，癌细胞已扩散了。你们也知道，艾城那么多的规则在施行,他是超负荷工作啊。"

丈夫说:"我有数了,保证按期交稿。"

丈夫进入角色,很投入地追思死者生前的事迹。丈夫写,我打字,一份悼词很快就起草完毕。毕竟他对刘局长知根知底。第二天,刘局长的妻子打来电话。那一刻,我想,生命无常,仅隔一夜,她就成了寡妇。我想对她说些安慰的话。

可是,她说:"我家老刘想看看为他准备的悼词的内容。"我知道,丈夫是一个书生,况且,这类应酬一直由我出面。我说:"这妥当吗?悼词的前提是对象已经去世了,可是,刘局长还活着。"

她说:"他在等候着,这是他一生最后一个牵挂,他审阅过无数个文稿,这回,就顺着他吧,否则,他死不瞑目,我希望他无牵无挂地离去。"

我说:"一个人活着审阅自己的悼词,恐怕没有过先例,刘局长专门制定规则,他考虑过吗?"

她说:"帮个忙,他只是确认一下。我,还有刘局长一直信任你的丈夫。一个人到了这个时候,起码,出于临终关怀,也该满足他的要求。我以一个重病患者家属的名义恳求你和你的丈夫,了却他的心愿吧,我会加倍支付报酬。"

我说:"好吧。"

搁下听筒。丈夫埋怨起我了,他说:"这多尴尬,这不吉利,不是逼他快死吗?他还没死,就看自己的悼词,情理上也说不过去。"

我说:"悼词的稿酬一向很高,加倍是什么概念?!去吧,现在就去,客户满意,是我们的宗旨。"

丈夫还在犹豫,他说:"悼词是特定时间特定地点特定对象宣读的一个特定的文体,当着刘局长的面,他活着,我念悼词,事情的性质起了变化,很可笑,是吧?"

我说:"你呀,考虑那么多干啥?你就当他已经去世,几个服务对象,刘局长付费最爽快、最优惠,冲着这个,你也得去,也表示我们对他的问候。"

丈夫不让我陪同,他认为那样晦气。他一向不愿跟死者相见。但是,没料到,这一去,竟是我和他的永别。我想起,临出门,他心神不定的样子,似乎那辆撞他的车等候着他,据说,他横穿大街,他手里拿着那份悼词。还是交警凭着悼词联系了刘局长的妻子,刘局长的妻子再通知我。我赶去,丈夫已被直接放在了太平间。据说是当场死亡。

刘局长委托妻子联系另一位自由撰文人,那个人起草了我的丈夫的悼词。我过目了悼词,觉得不是写我的丈夫,而是写另一个人,根据悼词的表述,我的丈夫是个伟大的人物了。不过,一个人去世了,携带着褒扬之词进入另一个世界,对他不也是一种安慰吗?

我转眼成了一个年轻的寡妇。刘局长的妻子陪着我,提醒我要节哀,好像我和她同病相怜,她是未来的寡妇。她参加了我丈夫的追悼会。过后,她告诉我,刘局长已审阅了我丈夫起草的悼词,基本上一字未动。

那份悼词两天后终于在刘局长的追悼会上宣读了,我察觉刘局长和我的丈夫的悼词竟然有雷同的表述,特别是结构基本一致。我丈夫创造的悼词模式已经被广泛套用。按权威人士评价,我的丈夫使这种文体趋于成熟。

刘局长带着欣慰的表情死去。不久,艾城悄悄地流行预先由死者审定悼词的规则——只是不成文的规则。悼词一旦由死者在生前审定,那悼词就不能更改,完全是出于对死者的尊重。据说,许多有身份有地位的人，都提前委托撰文人草拟了悼词，随着时间的进程，不断修改、审定，因为，谁知道明天还能否活着呢？死亡的气氛笼罩着艾城。我也继承了丈夫生前开创的文体，专事悼词起草，不断有人邀请我为他（她）们起草悼词。这一点，我得感激我死去的丈夫。

原刊：《羊城晚报》2005年12月19日

入选：《小小说选刊》2006年第4期

《微型小说选刊》2006年第8期

获奖：第三届小小说金麻雀奖获奖作品

会议生涯

退休那天，他走进家里的储藏室，这是他唯一的个人空间。他察觉，储藏室里堆满了各种款式的包儿，有人造革的、真皮的、塑料的、化纤的、纯棉的、纸壳的，应有尽有，都是会议资料袋或纪念品，只是，袋内的会议资料已被腾空了。那些袋，仿佛等待着它们向往的东西。他意识到，三十七年的官场生涯里，他竟然以开会为生，他的职业生涯，充塞着一个又一个的会议。

他的存在价值也体现在会议里。早年，他替单位的头儿去开会，他只带耳朵，不带嘴巴，当然，他的手很忠实，记下了会议的精神。单位的头儿看出了他的特长，委托他出席所有本该头儿参加的会议，头儿认为这是一种缓冲，有些事犯不着急于表态急于拍板。头儿凭借他这个"缓冲地带"（头儿对他的尊称），避免了许多麻烦，甚至，有些事儿，一拖再拖，拖得不了了之。

渐渐地，他在单位有了地位。他说：有时候，逼得我不得不张嘴，可是，我一个小角色，能说什么呢？头儿就提携他一把，争取来了一个副局级待遇。他就名正言顺地奔赴各种会议了，而且乐此不疲。会议上自然有资料袋，特别是有档次的会议，发的资料袋、纪念袋会很讲究。他曾向儿子推荐这种袋子，儿子拒绝，说：人家以为我开会白拿的呢。

他早把资料取出。储藏室里（本应称为他的书房，可是，他没书籍），随着时间的推移，会议上发的袋积压起来，他认为这就是他的功绩：谁开过这么多会呢？单位已将他作为专职的会议专员。艾城曾经出台过一项减少会议的措施，相当短的一段时间里，难得有会。开惯了会议，猛地闲下来，他心里空落落的，好像突然被停职一样，身体就出现了不适的症状，似乎要生病，精神萎靡。

有时，朋友打来电话，要他办什么事。他说，开会呢。意思就是忙着呢。因为，除了开会，他一无所长，朋友托他实在为难他呀。他感到，没会开，自己就像一个空了的袋。他甚至打听，最近要开什么会。他认为：开会充实。

后来，会议又启动了，仿佛减少会议期间，积压了许多会，会议反弹了。那样，他又忙活起来，最多的一天里，他要赶赴六个会议，他得跑会。鉴于他在应付会议方面作出的突出贡献，他连年被评为单位的先进、艾城的先进。当然，他还为单位赢得了荣誉。

值得欣慰的是，他退休前夕，艾城在政治待遇上，给予他一个合理的安慰：享受正局级。这已经破了格。现在，他欣赏着储藏室里他的业务的实绩，那无数个包。他很快发现了一部实物的历史：会议变迁史，纪念袋的演变史。

他翻出保存的会议记录——唯一的一个书架的笔记本——找出与各笔记本相配的会议资料袋、纪念包，借鉴了他参观过的摄影作品展的标签格式，一一给那些袋和包贴上了标签（时间、地点、名称）。这项事情花了他近半年的工夫。整理的过程中，他欣慰地感到，借会议的东风，数十年里，他已走遍了祖国的大好河山、风景胜地。

于是，他举办了个人专题收藏展——以他的姓名定名的会议纪念袋收藏展览。不仅他多年的众多会友欣然光临，艾城的居民也纷纷前来观看。艾城的媒体还对此作了报道专访。他打算，扩大藏品的范围（包括会议通知、请柬、牌子）。这么一来，各种会议又纷纷邀请他出席。因为，他能提高会议的知名度。他有请必到，决不让主办者失望，因为，他的一生，都得益于开会。他对主持人说：我一向只开会，不解决问题。这样，他自嘲：又进入第二个会议生涯了，我和会议有缘哪。

大概他奔赴、出入各种会议过于疲惫，一次会议中途，他突然心肌梗塞，抢救无效。他的终结会议是他的追悼会。整个一生的会议生涯里，他第一次也是最后一次担任了会议的主角。他已经听不到人们的赞美了。他一生的美德贯穿到了最后，就是不明确表态。他的遗容保留着难得的安详。

原刊：《羊城晚报》2008年1月14日

入选：《中篇小说月报》2009年第10期

《2008中国微型小说精选》（中国作协创研部）

《小小说选刊》2008年第6期

《微型小说选刊》2008年第7期

《2008中国微型小说年选》（中国小说学会）

《杂文选刊》2008年第4期（上旬版）

消 失

他在告别舞台生涯的最后一场演出结束后，恍恍惚惚想到了暴雨。大概是全场热烈的掌声造出的效果。他回到家，放了满满一浴缸温热的水，浸泡了好一会儿，直至生出困乏的睡意。

镜子上蒙了层水雾，他用一块毛巾去拭。他疑惑地发现，镜内一片空白，竟然没有他熟悉的自己。他已习惯了站在镜子前边端详着难以察觉的衰老的进程。

他确实面对着镜子，而且，试探着转换几个角度，像在展示一丝不挂的身体。可是，镜子毫无反应，仿佛他的身影被删除了那样。

他擦干了身上的水迹，心想是不是镜子出了问题。去客厅穿上那套衣裤，重新来到镜子面前。这回，他又奇怪了，衣裤像是被一个架子撑着，他仍然不在，那是个没头没手的形象，或者说，仅仅摆出了有人穿着衣裤的架势，却看不到自己。

他想，我怎么会没有了呢？他看见老伴儿坐立不安地走动着自语：是不是他在外边碰上了车祸？他讲话，却没有声音发出，跟他在梦中求救一样。

天亮,他照例去剧院。途中,遇上一两个熟悉的人,他主动打招呼,对方却没有反应。他想到一个字:空。像散场后的剧场那样空。他进剧场,期望剧团的同行表示点什么,那样,他可以在对方的表示中感受自己的存在。可是,相处了那么久的同行都对他视而不见。他想,难道我真的不在了?

他穿上了一套戏服,排练一出戏。他曾以饰演剧中的主角获得过一个高层次的奖项。他穿着那个角色的服装走向舞台,他欣喜地感受着剧团的同行对他的尊敬。

他表演了那个角色的戏——台词、动作像是沐浴着雨后阳光的庄稼那样生机勃勃地冒出来,他在大家的表情、赞叹中看到了服装里的自己。只不过,他是以戏中的角色的面目出现的,服装里裹着那个有血有肉的角色。而且,掌声表明了他不但存在,并且,保持着他的功底。

接替他扮演这个角色的徒弟,在他后边有板有眼地模仿着他,他心里踏实了。大概过分投入,他流了汗。不过,他去后台脱去戏装的当儿,那种空荡荡的感觉再次袭来,甚至他听见徒弟问:我师傅去哪儿啦?

他重新遭受了空,像是一团云雾散开了。同行的眼睛是镜子,他得不到实在的反应。他想,戏装怎么能恢复了他的实体?不过,戏装里的角色已不是自己。他扮演过诸多的角色,性格、命运、形象各异。他一个人同时又是诸多人,他忘我地投入过一个一个角色。可是,他们都不是他自己,也可以说他们是,他想,而我又是什么?往往反响不错的角色,使人们关注、崇拜起他。人们见了他以他扮演的角色来称呼他,他曾欣然接受。

他在第二天的早报上看见了寻找他的启事。他准时地赶到剧院

（照理，他用不着上班了），他套上戏装，念几句台词，做几个动作，他又出现了，或说恢复了。同行欣慰地说："又看见你了，去哪儿了？"

他用角色的腔调道白："我就在这里呀！"

他察觉了自己的秘密，一旦进入角色，他实实在在地又存在了。他不得不以戏中的角色保持住自己的存在。而且，他稍许做几个生活中他本色的习惯动作，说几句生活中他本色的惯常话语，他立即浑身不适，仿佛一块糖将要在水中溶解那样。

他不愿再次消失，他索性穿了戏装回家。他不得不凭借着戏中的角色留住自己。老伴儿欢喜地流了泪，说："我还以为你丢下我，走了呢。"

他用戏中角色的腔调说："怎么可能呢？"

起初，人们新奇于他的服装。渐渐地，人们习以为常，尊敬地招呼他。他只能以这样的方式存在。他暗自渴望着一个人，那就是他自己。他不能再消失了，他不能让关爱他的人们（包括老伴儿）牵挂、伤心。很快，他的戏装开始流行，好像他变成了无数的人。

他累了，希望有个人来替代他的角色。他感到，他活着仅仅是顶替戏中的一个角色，真实的他早已不在了。

他应时举办了戏剧培训班，特地选拔了他过去的影子——他毕竟没有遗忘镜子里的他的形象——相貌像镜子里的他的那类学员。他听到了反应：这个城市简直像在演一出戏。

原刊：《羊城晚报》2005 年 7 月 4 日

入选：《小小说选刊》2005 年第 17 期

《杂文选刊》2008 年第 11 期（下旬版）

获奖：第三届小小说金麻雀奖获奖作品

追踪老房子

这天早晨,这个人醒来,阳光刺得他睁不开眼,他狠狠地揉揉眼,又一次发现自己完全躺在露天。居室留下的唯一迹象,是他躺着的那张床,还保持着室内安放的姿态,但是,房子趁他入睡时跑掉了。

这个人躺在公园里。许多早锻炼的人好奇地望着他,仿佛他是临时摊头上摆出的时兴鲜货。幸亏他盖着被子。过去,他睡觉有个习惯,一丝不挂,像刚出生那样。不过,这些天,他不得不穿短裤、汗衫了。明明睡在房子里,可醒过来,却无遮无拦地躺在露天的环境里。

大概这些天追房子极度疲惫,他的神经紧紧地绷着,担心睡着后,房子就不见了。昨天,他在公园里追觅住了他的房子,还打了桩,用铁链把房子像拴一条难以驯服的烈马一样拴住,可心里一松懈,房子还是溜了。他看见铁链被挣断的痕迹,要多大的力气呀。

起初,他还认为房子嫌弃他,一定有什么地方得罪了房子,或许,房子要找新的主人。可是,毕竟那是祖传的房子,祖辈、父辈住过，都相安无事，一百多年的房子，曾是父亲的骄傲，传到他这儿，原来打算当新婚洞房，他也作了装修，仅仅是增添了室内的喜气。这些天，他追踪逃跑的房子，他的未婚妻一气之下，跟他"拜拜"了。她说连房子也没了，还结什么婚？

这个人穿起衣裤，他已不在乎人们的目光和话语。他感到他被房子抛弃了，如同被未婚妻抛弃那样。现在，他唯一的念头，就是把房子找到。一个别墅区的绿地里、一个高楼背后的停车场里、一片闹市中的公园里，这个人一次次地找到了他那间老式房子。似乎那房子跟他玩捉迷藏，在这高楼林立的城市，他和房子，像进入神秘的森林一样。不过，他总能发现那房子藏匿的地方。

他怀疑，那房子已经物色了新的主人，只是，新主人看不上那房子。双方不断地躲避，不断地追随，他不得不反省自己是否亏待过那房子。他意识到，他已两手空空了。房子弃他而去的时候，放弃了它的身外之物——房子里的设施。他在追寻房子的过程中，不得不舍弃物件，包括为结婚购置的东西。现在，他顾不上那张床了。

他穿过繁华的街道。那房子不会在这滞留（一个古代的角色闯入现代的闹市，显然不是它的本性，岂不羞死了）。而且，一路上，他时不时看见新立起的楼宇，它们仿佛突然拔地而起。他感到的是陌生，好像这座城市就是在用这种方式排挤他。相比之下，他想，未婚妻的要求实在是婚姻的底线了，无非有一间护住俩人的天地呀。

他仿佛在咆哮的河流中挣扎，试图抓住最后一根稻草，不，是木板。他那间房子没有钢筋水泥，构成它肌骨的仅仅是木料、青砖、瓦片。他不禁替它担忧了，这样跑下去，它弄不好会散架呢。

本来，他那片老城区还有许多同类老房子。现在，那片城区已被划入拆迁改造范围，他清楚，他那间房子可能是这座城市里漏网的年岁最老的一间房子了,所以,找起来也不难。他不断打听:有没有看见一间老式房子;或者问:有没有碰见一间老式房子。

傍晚的时候(总是在傍晚,大概房子跑累了,停下来歇息了),他终于问到了房子的去处,竟然是在已不再使用的古运河的一个埠头。那房子蹲在埠头不远的一个平台上,乍一看去,他觉得它真会选地方,房子和环境那么和谐,仿佛那平台就等候着房子的光临。房子背后,有一丛竹子,还有一棵老樟树。

埠头边停泊着两条船,一条是捞小鱼小虾的渔船,一条是运载建筑沙石的货船。两艘船恐怕都装不下房子。显然,房子打算搭船离去。

他抚抚墙,无奈地说:"何苦呢?"

锁已不见了(确实,屋内已空无一物,仅剩一个屋壳子)。他推开门,发现一个女孩正在屋里跳舞。女孩身上还没有褪去乡村的气息,一定是入城打工的农民的孩子。

他立即串起来这些日子房子里的陌生人,每次找到房子,里面都有人,而且是女性,不是中年妇女,就是老太太,还有一次是一个风尘女子,这回是个小女孩,反正是女性。难道房子在替他物色人生伴侣?可笑的是,房子只知性别,而忽视了年龄。

门外一阴,站着两个男人,厉声说:"房子怎么能建在这儿?"

他说:"是房子自己跑到这儿来了。"

两个男人笑了,说:"违章建筑,得拆掉,它本来就是拆的对象。"

那房子外墙上刷着一个墨黑的"拆"字。"拆"字色泽已淡了。他出示房产证。

两个男人说:"房产证注明房子地址在老城区,怎么移到这儿来了?"

他知道说不清。谁能相信呢？！他只是强调："这是我的老房子。"

两个男人临走，用不容置疑的口气说："明天一定要拆，跑得了和尚，跑不了庙，你自己不拆，我们来拆，否则，罚款。"

当晚，他又睡在房子里，临时找了些报纸铺地。

他没给房子实行固定的措施，他倒希望半夜里，房子继续逃跑。他第一次穿着衣裤躺着，胸前盖了一张报纸。即将入睡前，他想到那个小女孩。他曾对未婚妻讲：最好生个女孩。于是，伴随着印象中的小女孩的翩翩舞蹈，他渐渐地进入了梦乡。

原刊:《微型小说选刊》2008 年第 20 期

泥土！泥土

我没料到，我操纵的挖掘机竟掘到了泥土，随后，艾城掀起了空前绝后的泥土运动。

道路要拓宽，一幢楼必须拆除。这没什么奇怪的。艾城整个地面浇注了厚厚的水泥混凝土。艾城居民几乎遗忘了泥土，因为，艾城的树也扎根在混凝土里，而且，草坪像地毯一样铺贴着地，所有的绿色植物已习惯了混凝土。据说，艾城的植物跟别的地方的不一样。

大概挖掘机往地下掘得过于深入了，到达了土层，那泥土，我看像是涌泉一样。我跳下驾驶室，捧起泥土，泥土在我手指间漏下，我闻着那清新的气息。它让我想起我曾是农民的儿子。

我偶尔听说过，艾城的居民不愿承认自己跟泥土打过交道，否则，会意味着不是艾城居民。可是，我沉浸在庄稼汉捧着谷粒那样的喜悦中，一再地捧起泥土，我身边已拥着许多人，他们不知什么时候赶了过来，好像我掘出了金元宝。

他们的鼻子发出吸气时的响声，似乎因为缺氧憋得受不了。我猜，他们一定是闻到了泥土的气息。他们争相捧起泥土，又看又嗅，纷纷说：真好闻，真是香。还念叨着：泥土！泥土！

我倒是一本正经起来，远远地站开。他们忘了自己是艾城居民这个身份，毫无顾忌地吸纳着泥土的气味。我说你们这些个土包子，影响工程进度啦！

露出泥土的地方，至多不过井口大小，那里的泥土气味传得那么快那么远，附近的居民都往这里奔。那情景，好似闹水荒的时候，大家对水十分敏感。

那么多人去掏去捧那屁股大小的地方的泥土，场面顿时一片混乱。有的用嘴去亲吻泥土（泥土是恋人吗）、有的将泥土抹在脸上（泥土是化妆品吗）、有的用水和了泥土玩（泥土是玩具吗），泥土使人们表现出各种姿态，甚至，这些姿态跟他们的年龄、身份不符。更有甚者，一个老头，索性躺在坑沿，打起滚儿了，泥土沾满了他的衣裤，老头俨然一个老顽童。

一连数日，工程被迫停工。到底还是工程的头儿有见识。他拍板，在那里开设了一个土浴场。我操作挖掘机，扩展了"井口"，可以容五六个人同时坐在坑内。

土浴经营项目推出的第一天，工地上排起了很长的队，那是像蚊香一样盘起来的队伍。土浴出来的人们，浑身上下都是泥土。很快，头儿又推出了干洗、湿洗两个系列。我又掘开了一口新"井"。

湿洗，实际是沐浴泥浆，出来了，简直活脱脱一个泥人，只剩眼、嘴还留着人样。头儿的脑袋实在好使，第三口"井"，定为捏泥巴游戏。而且，配套的还有捏泥人比赛。建筑场地已整理一新，铺了水泥地，无数个小泥人摆在上边，好像是出土文物。不知谁说，这是盘古开天地，两位始祖捏泥人造人类。

隔了个把月，土浴场生意清淡下来（我已改行经营土浴场了）。我获悉，城里数个街道出现挖坑的现象，本城的管理者及时出面干涉，及时出台规矩，但是，挖"井"转入了家庭范围。特别是一楼的居民，在室内钻洞，声称要挖出泥土。居民传言，泥土能强身壮骨、增强性欲。甚至举例，一位弥留的老人，自从沐浴了泥土，又焕发青春，白发变黑发。

我担心，整个城市的居民，都像老鼠打洞一样，挖下去，本城不就有事故隐患了吗？楼房建在地洞的网络之上，万一来场地震，那多么可怕。幸亏本城的首脑发出了号令，组织了庞大的队伍，挨家挨户堵洞，用水泥将洞封死，并出台了相应的制裁措施，这样，打洞热潮终于得到了有效遏制。

我掌管的土浴场重新红火，而且，扩大了营业项目，特别是泥土的零售批发业务，可谓供不应求。两台挖掘机，日夜不停，将挖出的泥土包装，起先是手工，后引进了果蔬包装工艺流水线设备。各大商场各大超市增设了小包装泥土专柜。这场疯狂的泥土运动终于走上了有序的轨道，我们泥土经营总公司的利润直线上升，一跃成了艾城的头号纳税大户。

遗憾的是，我忙乎得抽不出身，父亲临死也没见我一面。父亲托邻居送来了一个匣子。早先，我见过这匣子，父亲根本不让我接近，我猜那是祖传的宝物。我打开匣子，一个古色古香的小瓶里，盛的竟是泥土。原来，父亲一直隐瞒着他和泥土的关系。那是另一种气味的泥土，我想到了电视里的庄稼。艾城居民不是小心翼翼地隐瞒着自己和泥土的历史关系吗？现在却毫无顾忌地亲近泥土了。

原刊：《微型小说选刊》2008 年第 20 期

入选：《文学报》2011 年 8 月 8 日

城市的鸟

又是红灯。足足一个钟头,我开的这辆小轿车不过行了半里路的样子。前前后后都是鸣叫的喇叭声。自行车、摩托车都在汽车之间的空隙绕行。我知道要按时到达已经无望。我打开车内的收音机。交通台播报员频频播报各条街严重堵塞的情况。好像我这辆车陷入了重围。

我的手脚发起痒来了。我一急,手脚就痒。我烦躁地挠着,像一个勤劳的农民侍弄土地,挠过的皮肤很快留下一道道红色的线条。前边的司机索性走出车门,伸展着肢体。显然,一时片刻前进不了。

我钻出了车门。望着前前后后整条街停满的各种颜色的车辆,我想起小时候看着地面蚂蚁搬家的繁忙景象。我的手时不时地抓挠着胳膊的痒处,仿佛爬满了蚂蚁。这时,我听到有人喊我的名字。我一惊,循着声音,我看见一张熟悉的面孔。

他是我中学的同窗,同在一座城市,却有近八年未曾谋面了。他西装革履,手插在裤袋里。我欣喜地奔过去——仅隔了五六辆车的距离,他却没伸出手迎接我的手,我讨了个没趣,心里直犯嘀咕。

我闻知他生意场上春风得意,是不是不把我放在眼里?

我说:"你发福多了。"

他像心事重重,说:"是吗?可你没变。"

我注意他插在兜里的手,好像很费力。我记得他的汗毛很多,现在,他抬起手,袖子缩起来,我几乎惊讶地喊出来,我拿着烟的手在空中滞停了一下。

我看见的是鸟爪。或者说,类似我曾见过的鹰爪,指甲尖而弯,暴露出的手腕部位,不是汗毛,而是羽毛,千真万确的羽毛。

他的脸顿时涨红。我没回避我的所见,我说:"你的手怎么啦?"

他茫然地说:"我早晨开车出来,到现在不过穿了三条马路,比步行还要慢,对方等着我,可想我急成什么样……我的手臂汗毛本来就浓,可也不至于成这样呀!"

我本能地瞧瞧自己的胳膊——我的衬衫袖子卷着,我说:"见鬼!"

我挠过的皮肤,像是松过土的庄稼一样茁壮地成长了,汗毛——不,是迅速地趋向他的手腕长着的羽毛那样生长啦!而且,我的身体像有股气流托拥着,渐渐轻盈起来。我掩饰似的仰望着城市空旷的天空。

我突然发现远处的车已开始蜗牛似的爬动。我说:"回头再见。"

他急迫地扭转身,往他的那辆车奔跑。他摆动着双臂,渐渐地,那双臂改变了姿态,竟然像翅膀一样扇动起来,可能他的身体过重,犹如巨鸟需要一段助跑那样,他的脚随即离开了地面。

我说了声:"不好。"顾不得我那辆车,我追过去,想趁他未曾飞走拉住他——无论如何,一旦坠下来,后果不堪设想。可是,我没跑出几步，我已经控制不住我的双腿了，它们脱离了地面。我就像一个氢气球，我的双手不由自主地扑扇起来，随着手臂的扇动，我跃过车顶，一会儿，我已经能够鸟瞰整个街面车辆堵塞的壮观景象了。在我的前后左右，飞翔着许多与我一样振翅翩跹的男女，他们的色彩不同，姿势不同，唯有脸上的表情是统一的——一种难以名状的巨大惊愕。

原刊：《时代文学》2001年第2期

入选：《小小说选刊》2001年第10期

《微型小说选刊》2001年第11期

享受错误

有这么一个小镇，小镇里的居民不干事。不是他们不愿干、不能干，而是镇长规定干错了事就要重罚。镇长有套无错主义的理论，居民怕出差错，而且，一任一任的镇长都奉行了这个"主义"。居民便养成了好闲的习惯，眼睁睁地盯住干事的人，因为，按规定，发现了错误可以举报，举报就有重赏。

居民都用超然的眼光去打量对方。表面上，居民相安无事，没啥奇怪的嘛，都不干事，也就没有出错的把柄。居民已经养成了沉着、冷静的心态，迟早有人憋不住要干事呢。

这天，镇里来了个人，他欣喜地发现，这个镇里，有那么多值得去干的事。他以为镇里的居民疏忽了，漏了那么多可干的事。他打定主意要在小镇里长期住下来，他很快租了一间房子，租金便宜得简直像白住，而且，房东热情客气，表示愿意提供合他胃口的膳食。

开初，他疑惑：这么价廉？渐渐地，他看出这个小镇闭塞贫穷，可居民一副自得其乐的样子，很可笑。他受不了的是房东时不时地跟着他。房东还向居民声称，他是房东的远方亲戚。这也没啥，他别扭的是，房东陪着他，保驾他似的，他走到哪儿，房东也随到哪儿。

他干起事来，很是投入，却也不能失礼。房东在一旁观看，偶尔冲着他笑笑，似乎在向他学习，又像鼓励他。他不免分心。尤其，前前后后，明着，隐着，有无数目光投射过来，他的身体像滚在刺芒堆里一样。

他安慰自己，这个小镇大概难得来客——陌生人，就稀罕，看看又不能把我看没了，又不可能看走我一块肉。他感到自己在表演，就十分谨慎。几件事干下来，他也习惯了各个方向的眼光，他完全沉浸在干事的乐趣之中。他故意将干一件事的过程中的动作节奏、程序放缓下来，他想，这样，他们可以模仿着接受。

突然，他听到一个人喊：好呀，你终于出错了。

于是，他看见自己把砖头垒出了吊线。

本来躲避在墙角窗后的居民奔出来，仿佛预先埋伏着，他终于进了埋伏圈。居民们像赛跑似的冲过来，争先恐后的势头。

他弄不清发生了什么事，他谦和地跟大家打招呼，礼貌地点点头。

一个人站出来，说："我第一个发现。"

另一个人挥臂嚷："我早料定他会出错。"

房东叉着腰，说："他住在我家，他出的错归我所有。"

他弄糊涂了，不过，他察觉今天人们的目光异样了，是急红了眼的样子。

一个人说："谁第一个发现差错归谁享受。"

另一个人说："我已经像守护瓜园一样守了那么多天，打他干事的第一天起，我认定他必出错，现在应验了。"

房东说："我接待他住我家，好饭好茶伺候，不就是等待这一天吗？我培养着他，等着他犯错，你们有本事也拉个客人来培养！"

他还没见识过热衷争夺"差错"的人们，他还没认识到严重性，他忍不住笑了。

居民们面红耳赤，争执不下，不得不由镇长裁决。镇长把65%的"错误"定在房东的名下，其余，普降细雨，老少有份，皆大欢喜。

他干了一个夏季，还是两手空空。房东执意挽留他，房东说："是你使我走上了富裕之路。"

他在一个夜深人静的时候，悄悄溜出了镇子。

第二天，房东急惶惶地寻找他，哪儿还有他的踪影？于是，立即有居民抓住了房东的把柄——房客失踪无疑是个差错。

房东又恢复到了原先的经济水平，可他开始在镇外道路观望、等待，相信有陌生的面孔会出现。

镇里的居民受到了启发，他们腾出房子，稍事装修，准备接待游客。他们把"错误"的希望寄托在陌生人的光临。不久，镇长忽发奇想，推出"享受错误"的旅游促销系列活动。这个古老的小镇即将迎接八方游客。

原刊：《微型小说选刊》2005年第13期

入选：《2005年中国微型小说精选》

《杂文选刊》2005年第11期

《青年文摘》2005年第9期

《小小说选刊》2012年增刊

获奖：第三届小小说金麻雀奖获奖作品

第四届全国微型小说年度（2005年）一等奖

疯狂的旋转

我站在广场的喷水池旁，望着大家打太极拳的打太极拳，舞剑的舞剑，跳舞的跳舞，谈情的谈情，反正，大家都在健身、娱乐，可是，我什么也不会，硬腿硬臂的我，看着听着，我有一种强烈的动起来的欲望。

于是，我张开双臂，慢慢地转动身体，随后，我闭上了眼睛，身体的旋转逐渐加快。我晕眩了，睁开眼，减缓了旋转的速度。随着我的旋转，仿佛整个广场开始旋转。我眼前的景象迅速地变化。我成了广场的中心，或说，世界的中心，因为，我看到大家都注视着我，他们都停住了手脚，好奇地望着我。

我停下来。一个受到冷落的人，突然成了一个焦点，而且，有人对我发生了兴趣，过来问："你旋转得多么优雅。"

我信口说："你试一试，来，转起来，慢慢地转，张开双臂，对，闭拢双眼，加速，对，再加速。"

那个人悟性不错，他的身体像旋风一样，将周围的人们渐渐吸引过来。人们放弃了原来的活动。

他停下来，晃了晃身体，说："空前的感觉，杂念烦恼都在旋转中脱离。"

我被围住，开始指点大家旋转时的要领。我说："来，一齐试着旋转，慢慢地转，对，闭拢双眼，加速，再加速。"

有人旋转之后，说："多美妙，周围的世界像是环绕着我在旋转。"

我进而发挥，说："闭住眼，什么也不要想，你能看见你要看的东西。"

这样，整个广场的人们都投入了旋转。旋转一直波及到广场的冷僻的角落。大家都闭着眼，转动着身体，笑声、叫声时不时响起，大概是还未体验过这种活动，或者不够熟练，但是，大家都很投入，甚至，我看到姑娘的裙子在旋转中像花儿绽开那样舒展开来，还有的帽子旋飞起来，当然，还有的在旋转中像两个星球相撞，眼里盈满了喜悦的泪花；有人转掉了脚上的鞋子，有的摔倒了重新站起继续转，还传来一个姑娘的惊叫，原来是一个男人在旋转中抱住了她。

广场附近的道路、住宅，陆续出现了许多人，赶过来，还来不及询问发生了什么事，反正大家都在起劲地旋转，他们纷纷加入了旋转。整个广场如同一个巨大的旋涡。旋涡中的纸片、树叶飘起来。

旋转带起了风，似乎周围的东西也受了影响。无数个身体的旋转，广场掀起了旋风，如同巨大的轮盘，附近的街树喧哗、玻璃响动，造成了台风来临的感觉。广场俨然是风景的中心，风暴还在蔓延……

敏感的记者闻风赶来。我接受了采访。记者认为我是旋转的创造者和发起者。记者还惊叹旋转的宏大场面，他看出：一旦开始旋转，大家都不愿停下来。他说："简直是疯狂的旋转。"

我回到家已是傍晚，艾城的电视新闻播出了这条新闻，而气象预报称本市今天出现了千年未遇的情况，晴朗的天气却出现了局部风暴，风暴中心风力可达八到九级，于是，预测，明天的风力可能加大，风暴将带来本市难得的暴雨。我终于找到了自己的娱乐项目，很可能旋转能风靡整个艾城，成为一种新潮。我打算明天早起，去广场进行旋转锻炼。我想指导更多的人加入旋转。

原刊：《微型小说月报》2011年第2期

杨 梅

去年，阿惠读一年级。六月下旬，本地的杨梅进入旺季，车站、街口、桥头，都能看见一摊摊小竹篓盛着的乌红色的杨梅。

这天，临下课前，老师说，同学们，今年吃过杨梅的同学请举手。

一条条小胳膊竖起一片幼林。唯独阿惠的两手放在桌下的膝盖上。那脸，也像一片枯叶，褪了色，慢慢地垂下去。

老师说："阿惠同学下课后到我办公室来。"

阿惠一眼瞧见办公桌两摞作业之间，搁着一盘乌红乌红的杨梅，很大、很圆，她的目光避开了它，说："老师……"

老师抚着她稚嫩的肩头，和蔼地说："吃。"

阿惠说："我不吃。"

老师亲切地说："不喜欢？"

阿惠欲走，老师拉住她，用张白纸，折成个圆锥体，盛得冒了尖。

阿惠出校门，避在一株梧桐树背后，一颗一颗，慢慢地嚼，甜中微带酸，使她想到漫山的杨梅树。

今年，阿惠升到二年级了。六月下旬，杨梅进入旺季。虽说是杨梅的小年，车站、街口、桥头，仍排着山民守着的一篓一篓杨梅，篓上遮盖着几片绿叶细梢，叶片间隙露出的杨梅果，个儿特别大。

这天，临下课前，老师布置作业，说："同学们，今年吃过杨梅的同学请举手。"

一条条小胳膊都理直气壮地举起，唯恐老师看不见。阿惠的手也举起了。

老师笑了，说："好！回家后，写一则日记，主题就是杨梅，怎么写都行，要写出自己看到、吃到杨梅的真情实感。"

晚饭时，阿惠小心地说：妈妈，我要杨梅。

妈妈一停筷子，说："小姑娘要一心一意学习。"

阿惠说："老师要我们写杨梅。"

妈妈说："你嘴馋就嘴馋，别拿作文当幌子。今年的杨梅还吃得起啊，价格听听都吓人，你用心学习，将来不愁没杨梅吃。"

阿惠嘟哝了一句，终于没吭声。晚上，她咬着铅笔头，一下想到去年的杨梅，以及漫山的杨梅树，缀满了点点乌红乌红的杨梅果……

老师在阿惠的日记下边批了个"优"，还写了"感情真实，语句流畅"的批语。并且，将这篇日记作为范文进行评讲。全班同学都投来羡慕的目光。阿惠听着听着，却又出神地想着街上一篓一篓杨梅果，山上一株一株杨梅……

原刊：《小说界》1995 年第 5 期

入选：《小小说选刊》1995 年第 21 期

《中学生不可不读的微型小说著作》（2012 年版）

《中国新文学大系》第 18 集（微型小说卷）

一 夜

　　他一下抵达艾城的班车，就漫无目的地在街上转悠，看得他眼花缭乱。等他发现太阳西坠，赶到汽车客运站，最后一班开往他村庄的过路班车已开出有十多分钟了。他知道，今晚不得不住下了。

　　想起儿子，他就想，我就不会用钱了？我自己赚的钱，我就不会用了？我得用给你看。这半辈子，辛辛苦苦在土地里劳作，还没到城里下过馆子呢。他打算点几个菜，要几两酒，坐着慢慢吃。

　　可是，徘徊了两个餐馆，他最后还是点了一碗阳春面。他往碗里夹了一筷红红的辣酱，天气有点冷。那面条，隆隆烈烈不间断地往他的嘴里输送，竟吃出了一头汗。

　　他似乎浑身充实了，那一股气被赶跑了。他是窝着一股气离开村庄的，儿子搓麻将，无心干活，缠着娘要钱——麻将桌上输了，他煽了儿子一耳光，老婆来护儿子，他跟老婆翻脸：再这样下去，这个家非败在这个不务正业的儿子手里。气了一夜，早晨，坐上一班过路车到城里。大半天走下来，不知不觉，气消了，好像闯入了另一段人生。

他进出了两个宾馆，都嫌那房价咬人，最后选定了一个小旅馆，他想，我就不能享受一次吗？似乎他面对着妻儿，往床上一躺，放开手和腿，白白的床铺，仿佛他是一个偌大的"大"字。

　　软软的席梦思，富有弹性，他感到冷。到走廊里喊，服务员闻声赶来，开了空调。他第一次享受空调，城里人把冬天弄得像春天一样温暖，大半辈子湿冷湿冷的冬天过下来，他能在冬天穿着裤衩背心待在屋子里，过去想也想不到。

　　他在浴缸里泡了个热水澡——城里人想得真是够周到呀。冬天，在家，他只是在大木盆里洗过澡，够费事，夏天倒好，在河里洗。

　　然后，他躺上了床，赤裸着，试着起一起身，考验席梦思的弹力。很好。家里那张老式的棕棚床，已陷下去了，他和老婆睡着睡着会挨到陷下去的那一片低凹里。

　　大概是走了那么多城里的街路，累了，睡过去多久，他也不知道，醒来，他疑惑：我怎么会在这里？他很快想起这是艾城的一个旅馆。电视剧已结束，有人在讲话——午夜新闻。

　　他一个人睡一张床，似乎缺了什么，他想到老婆，冬天总是他先钻进被窝，焐暖了床，老婆忙完了家务，再睡进来，带来一股寒气。老婆的脚，像冰一样冷，现在，老婆的腿，一定一夜凉，脚热不起来，她就睡不着。老婆一定盼望着他去焐被窝。他出来，连声招呼也没打。

　　旁边那张床空着——我不睡，那床铺的钱也交了，白白浪费了呀，不能让它闲着，不睡白不睡。

　　关了灯，他一时睡不着，可能干净得有些陌生，他想到多年前的一张床。他还是单身，一排老屋，有好几家人家，也没院墙隔开，有一天，半夜，尿急，他到门前不远的柴垛背后尿。尿完，他顺时针沿着柴垛的另一边回屋子。躺下，觉得不对劲儿，因为，他闻到一阵特别的气息——田野花开的气味，那是女人的体香，他第一次闻到，又陌生又亲切。他紧张起来，知道自己闯错了门，而且，能感到那散发出体香的身子往里缩——吓得缩过去，大概也闻到了他这个陌生的气味。他悄悄地离开，返回自己的屋子，他知道那好闻的体香发自邻居家的姑娘。

一大早，他听见那姑娘在哭泣。姑娘的娘来了，跟他娘说什么。然后，这桩亲事就定下来。原因是他睡过了那家姑娘。

那姑娘就是他现在的老婆。他想，这个儿子现在的行为是对他那一次闯错门的惩罚吧？这小子，迷在麻将上边了。报应呀，作孽呀，十赌九输呀。

他突然担心，要是有个人住进来，看见他睡过的那张床，那个人一定以为自己进错了门。

早晨，退房前，他终于说出了疑问。楼层的服务员答："你开了一间房，就不会再安排别人进来住。"

他说："为什么？另一张床不是浪费了吗？"

服务员说："考虑到客人的安全。"

他想：有什么不安全吗？

他乘上了回家的头一趟班车，恍惚中，以为床在颤抖，他想到两张床都被睡过了，也值得，一个人睡两张床。只是，什么也没发生，觉得自己又一次莫名其妙地闯错了门那样。

接近村庄了。老婆一定着急，她怎么会想到他去艾城，而且，过了一夜。多年前的一夜，她就成了他的老婆，这个儿子来到这个世界就是惩罚他那一夜。而艾城一夜，又会埋下什么隐患？老婆要是知道了，一定会说他糟蹋钱。

想想，也是，粗粗折算，一夜把半亩地一季的稻子给睡掉了——这一夜竟那么值钱，插秧、拔草、割稻、晒谷，大半年，面朝土背向天，只一夜就睡掉了，好像做了个什么梦，他记不起，似乎梦了一床的水稻。

老婆会埋怨他："跟儿子赌什么气？"

他会说："这小子以为钱会自己长出来呀？他以为我不会花钱？我用给他看看。"

这么一想，他又生一肚子气，一夜的眠床竟抵得上一季的半亩稻。这回，他气的是自己。

原刊：《青春》2012 年第 14 期

入选：《小小说选刊》2012 年第 14 期

《微型小说选刊》2012 年第 20 期

精　神

终于，她答应陪儿子去吃肯德基了，不过，她说，一言为定，只买一份鸡腿、一杯饮料。这事的提出已经有三个月了，她推说我们是享受肯德基的家吗？儿子列举了班级吃过肯德基的同学，可她一直不松口。

显然，儿子不止一次光顾这里了。他远远地指着豪华的门面一侧立着的穿着奶白色西服的模特儿，说那就是山德士上校。她觉得那位老人显得富态而又慈祥。

厅内，宽敞、宁静，只有三对青年分布在不同的角落。母子俩选了张离服务台不远的桌子。桌面摊着一张报纸，他掀起说："姆妈，你看。"

一张10元面额的纸币和八个1元面额的硬币。她惊讶了，脱口说："你说怎么办？"

他说："交给老师。"

她笑着说："也好，这个店收了恐怕就没了。"

他收起钱。她禁不住四下望了望，她像是在做一桩丢人现眼的事儿。她的心"怦怦"地跳。其实她心里真想白捡了这钱，只是儿子在场，他还小。

她当即付了款，端来了一个鸡腿、一杯可乐。她奇怪地想：竟不能将十八元用来支付这个诺言，那样的话，她也能点个便宜的点心，毕竟首次坐进这个干净的环境呀。

他说："姆妈，你呢？"

她说："你慢慢吃，到时候我可要问你什么滋味呢。"

他递过来说："姆妈，你尝尝。"

她摆摆手，说："我不喜欢吃鸡，你慢慢吃，姆妈陪你。"

他遗憾地说："姆妈，可香呢。"

她微笑着点点头，说："好吃你就慢慢吃，吃快了吃不出味道了。"

他埋头啃那鸡，显得仓促。

她欢喜地注视着儿子，说："又没人抢，你慢慢吃，你这吃相难看。"

他咽下一口，又有模有样地喝一口可乐说："姆妈，肯德基是美国运来的吗？"

她笑了，说："那是用中国的鸡制作的呢。"

他放慢了速度，却已经剩根细骨了。他仰脖喝进可乐，说："姆妈，真的很好吃呢。"

她说："再好吃还不是鸡？好了，这下算是如愿了吧？"

他站起，精神抖擞的样子，说："味道真的很好呢。"

翌日，他临上学校，说："姆妈，早餐钱你还没有给我呢。"

她刚醒来，说："我这儿没零钱，你先垫着吧。"

他说："我口袋里的钱不够吃早餐。"

她说:"昨天你不是装进店里那桌上的钱了?要不,先垫着?"

他说:"那钱我要交给老师呢。"

她打开皮夹,抽了张十元面额的纸币,说:"晚上再结算。"

傍晚,她一进门,看见正在做作业的儿子,首先想到那笔钱,似乎那十八元钱关系着儿子今后的成长、发展,她期望儿子单纯、美好——儿子面前,她仍是一个正面的形象,恐怕今生今世儿子料不到她曾打过那笔钱的歪主意。她说:"十八元钱你上缴了吗?"

他放下笔,迎上来,说:"上课前,我已经交给赵老师了。"

她说:"老师说啥了?"

他说:"也没说啥,赵老师要上课呢。"

她说:"唔,捡了东西是该上缴。"

再一天,上班,她接到一个电话,是赵老师的电话。赵老师请她赶快到学校来一趟。

她说:"出了什么事了?"

赵老师说:"肯德基快餐老板赶到学校说要见见你们母子俩。"

老板是一个操着外地口音的中年人,没有店门口的永远站立着的"山德士上校"那么有风度,却也显得精明。他说,那十八元钱是他特意摆在桌上的,他决定谁拾金不昧,他就奖励谁二百元,他就在学校颁发这笔奖金。他要奖励这种感人的精神。

儿子一个劲儿地瞅她。她觉得受"山德士上校"捉弄了一样,说:"我不要这笔奖金,我不要,我和儿子只不过偶然去了店里,我只不过不想叫儿子失望,他父亲两个月前外出打工……好了,我现在还要去上班呢。"

周围响起了热烈的掌声,都看着母子俩。她觉得浑身发热,抚摸着儿子的头,说:"姆妈上班去了。"

下班回家,儿子欢喜地迎上来说:"姆妈,赵老师通知我,明天我当升旗手。"

她拍拍儿子稚嫩的肩膀,说:"姆妈替你高兴。"

原刊:《飞天》1997 年第 11 期

入选:《微型小说选刊》2008 年第 17 期

《小小说选刊》2009 年第 1 期

获奖:1997—1998(第七届)全国小小说优秀作品奖

《飞天》首届全国精短小说征文一等奖

疾病表演者

我们这位疾病表演者降临人间的时候，又是哭，又是病，就是不吃奶。到了三岁，家人还不给他取名字，因为他生病没断档过，而医生又诊断不出他的病根。父母无奈地以为他没治了没救了，索性任凭他生病。背地里，亲人、医生都称他是病篓子、病秧子。

他折腾到四岁，突然不病了，好像一个人逃着逃着，发现后边的人没追上来，他就止步了。不过，他已发现了一个现象：他反复生病的那几年，父母都围着他团团转。他停止了生病，父母反而嫌弃他一样，好像对他失去了兴趣。

他独自待惯了，到了上学的年龄，他不肯去学校，他娘生气了，他爹还扇了他一耳光。于是，他又开始生病，不是真病，他只是表现出病的症状，像背诵课文一样，他实在太熟悉生过的病了。父母以为他真的生病了，不但不催他上学，而且，又恢复了围着他焦急担忧。

他发现，生病真好。吃饭、玩耍，这一系列他偏爱的事儿，都在生病中得到了满足，他几乎把生过的病重复了几遍，他悟性不错，断断续续念到了初中,他已把生病当做表演了。因此,同学也不敢招惹他,虽然他长得又瘦又矮,生病仿佛是他有力的武器。

他表演病,类似重温功课。进入高中,他跟不上学业了,父母也顺其自然。他待在家里,帮母亲管管小杂货店。他对数字比较敏感,用不着计算器,一口能报出一堆商品的价钱。

他父亲就是那会儿生起病了,起初以为是胃病,又怀疑是心脏病,吃了许多药,不见效。后来,父亲疼起来,会在地上扭曲身子,捂着腹部。

这是我们这位疾病表演者所没有见识过的病。他注意了父亲疼痛的表现过程,他不忍父亲那么难受,他想:要是我能替父亲受这份痛就好了。背地里,他演习了父亲疼痛的整个过程,他有这个天赋。

奇迹出现了,他真的疼痛起来,而父亲的症状消失了。他欣喜他承担了父亲的病,仿佛找回了生病的感觉。父亲腾出病,继续去忙乎了。何况,他又掌握了一项新病症的表演。已诊断出,父亲转移到他身上的病是胆囊炎。

每逢疼痛袭来,他立即投入表演,他能真实地感受到自己的存在(牙疼,才知牙的存在,我病故我在,这是他的哲学)。而且,在表演中,他发现,他的表演能击退病魔,很快,他不治而愈。

一天,他上街,碰到了一个生病的人,脸色苍白,一头冷汗,而且,痛苦地呻吟着。这是他没生过的病。他忽发奇想:替那个人生病。他仔细观察了那个人的表现。很快,他立在那个人面前,似乎是一面镜子,惟妙惟肖地表演起那个人的表情、动作、声音,几乎是同步。那个人敌视他,只因为难受得无力了,否则,他一定挨一顿斥骂和拳脚。

反复三次，那个人不再难受，而他继续表演，疼痛像太阳一样在他身体的原野慢慢升起。那个人握住他的手，深表感激，还说你是第一个消除我痛苦的人。

他闪出一个念头，把世间所有的病集于一身。他告诉父母，他打算出去闯荡，他长大了，不能老是窝在父母的翅翼里。

他走街串巷，他表演自己生过的病来吸引别人。然后，在观众里发现病人。观众还当他是个卖艺人，或者乞丐，时不时地会丢些硬币和小面额的纸币。他以此打发自己的肚腹。饭食方面，他倒不讲究，他还耐得住饥饿，有些事，三岁前，已奠定了。

巡回表演中，他确实发现了许多新病症（相当于哥白尼发现新大陆），他时不时沉浸在发现的喜悦之中。他不仅仅收藏疾病症状，而且实地替别人生病。关于他的传说，随着他的游走，像种子一样到处撒播着。甚至，有的病人追踪他而来。病像个包袱，转交给他，他来者不拒。

他不讳忌自己的绰号：病篓子。有时，闻知他的出现，有的大人会拽住好奇的小孩别来接近他（那会传染的呢，大人就这样唬小孩）。他倒认同疾病表演者这个称呼。他宣称：希望我给大家消除痛苦、带来快乐。开场白之后，他会让观众点播期望欣赏的病症。有时，他为难，观众会点播他不曾见识不曾患过的病。那时，他会拜访那位观众，刨根挖底。像挖掘即将流失的文化遗产那样，接触陌生的病。有时，表演中，他会遇到知音，因为他的表演会产生共鸣，那些一度生过同样疾病的人会认可他（那就是我当年生病的样子，观众说）。有人评价，他的表演独辟蹊径，将灵魂与肉体、艺术与医学有机地融合，创出一个崭新的表演领域，有望进入主流的艺术舞台。

还有犯难之处，是表演妇女的病。妇女点播的病，他会诚恳地说："这我确实不会，很抱歉。"对方提出质疑是："你不是说所有的病吗？"他说："可是，我是个男性，我期望自己有个女儿身，遗憾的是我也有局限。"他表示，愿意探索。他说，他对未知的东西始终抱着好奇，何况，人类有一半是女性。

小时候生过的病，是他的保留节目。不停地游走，他已掌握了未曾患过的许多病（他减轻、消除了多少人的病痛，暂且不表），这一点，符合他的本意，他是病篓子嘛。渐渐地，他不得不放缓旅程的节奏，因为，他浑身各种病搅和在一起，开始发作了，他的身体，散发出莫名其妙的腥气、臭味。他的周围不是观众而是苍蝇，围着他飞舞盘旋。

他清楚，他已无力承担世间的病了。生别人的病，遭别人的嫌弃，他发现了。他开始服用各种各样的药物，他清醒地看到，他已难以支付逐渐庞大起来的医疗费用。

于是，我们这位疾病表演者开始了他纯粹的表演生涯（他的瘦弱的身体，已承载不了那么多人托付的病了）。他得先投入表演，创造收入，消除自己的病，这一点，跟腾出堆放杂物的房子一样，不腾空，新的东西怎么放得进？表演之前，他会设法清除身体怪异的气味，这样，能缩小他和观众的距离。

问题是，所到之处期望中的观众已回避了他（传言比他还跑得迅速）。甚至，有一天，他进入表演状态（只有一个观众，他也不放弃表演），两个人前来干涉，说是要对他进行隔离。

他说:"不是我的病,是别人的病。"

两人架起他,说:"反正你有病,你携带的疾病已对这一带造成潜在的威胁。"后来的事儿,我不得而知。我不是一个全知全能的叙述者。我认为,我们那位疾病表演者的初衷不容置疑。

原刊:《青春》杂志 2009 年第 6 期

牵线木偶

赵班主的抽傀儡一来镇里,附近一带的村民放弃田头活儿,赶集似的涌到镇里来看戏。镇里仅有的一爿饭店顿时红火起来。

抽傀儡,镇里一个教书先生说是牵线木偶。我暗暗敬佩他肚里装着那么多货,随便抖落,听得我木偶一般发呆。原来,木偶戏种类繁多:布袋木偶、杖头木偶……赵班主耍的是牵线木偶。我们都叫它抽傀儡。

赵班主的名字我说不上来,他那手艺打父辈那里传来,木偶在戏台上唱、说,都是他一个人扮,他操纵着傀儡,男的女的,说啥像啥。抽傀儡一演十天半月。那日子,父亲的脾气也格外温和,进进出出,随我,早早晚晚,我都在戏场子转悠,想看个究竟。

赵班主傀儡戏抽得精彩。据说,那一个个傀儡都是他亲自雕凿,活人一般,眼珠子能转嘴唇皮会动,倒是演的啥故事,我记不甚清了,可能还不到年纪。我的父辈都看得有滋有味。

赵班主自己开灶烧饭,只一锅,大杂烩,饭啦菜啦,都投在一个铜锅里,铜锅外壁熏得漆漆黑。那种烧法,我在家里试过,很可口，大概包含了我的一份崇拜情绪吧。

一天，接近晌午，一台戏散场，我还不肯离去。我的兜里揣了烙饼。我看见镇里小饭店老板阿根找到了赵班主这里。亮出一张条子，巴掌大，说是找赵班主结账。阿根一脸的抱歉，补一句："小本生意，先结了这笔账。"

赵班主愣了，说："你是不是弄错了，我根本没上你店里吃过饭哪。"阿根说："你是没有来过，我下趟请你一顿，可是戏班里有人来过。"赵班主一脸疑惑，说戏班里就他一个大活人，还有谁？

阿根脸一红，比划着，说："一个长脸，白鼻头的戏子，一连五个晚上到店里吃雪菜肉丝年糕，胃口大，天天两碗，赊着账。"赵班主严肃起来，说："不可能啊，莫非有谁冒充白吃？想败坏戏班的名声？"阿根说："错不了，那戏子口气不小，说是堂堂赵戏班，咋会骗我，冲着你的名声，我还敢怠慢？"

赵班主坦然指指幕后，说："这样吧，你去看看，反正全部家当都堆在那儿。"阿根蹩进幕帘子，便喊："在啦在啦！"赵班主闻声走近，一瞧，是他精心雕凿出的"油阿鼠"——戏段子里的一个丑角。赵班主说："那又怎样，你瞧仔细了。"

阿根认定了，说错不了，他那几个招式，跟戏段子里一式一样，你没见过他的吃相。赵班主说可他是个傀儡。踢他一脚，他随着赵班主的脚劲一动，又躺在那儿了。阿根说算我晦气。

第二天，戏开场，该"油阿鼠"出场，赵班主去取，怎么也找不着"油阿鼠"。台下顿时乱成了一锅粥，又喊又嚷，可是，冷了台子。过后，只听传闻，说赵家戏班，逃走了一个傀儡，戏演砸了。又说，赵班主把个傀儡雕活了。

原刊：《小小说月刊》2002 年第 9 期

留言条

我突然死了。突发性心肌梗死。我多么不愿轻易地离开这个世界。我知道,这么一来,这个家庭就失却了平衡。生前,妻子曾无数回说:"你在家,什么事也不用你做,我就定心了。"我清楚她指的是儿子。她拿儿子没办法。我在家里待着,儿子像猫一样温顺,我想象不出我出去期间妻儿的矛盾便激化起来,最后失败、认输的一定是我的妻子。可是我不得不死,无可奈何。幸亏我有预见,留了无数个条子。我在其中的一张中提醒妻子:没办法的时候,你拿出一张条子。我都一一编了号,备作妻子发生家庭危机时来用。

妻子俯在我的胸前,又拍又念,好像期望我能感动复生。不过,我已到达死界,不可能再退回来。我欣慰的是妻子动情地哭泣着。一个人去世,他的家眷能够真情地哭,实在是他的荣幸,活了一辈子,足矣。可是,儿子木桩子似的站着,他望着我,仿佛脱离了牢笼,完全解放了。他唯一畏惧的是我。尽管我生前并不像妻子那样又吼又骂地对待他,不知怎的,关键时候——双方难解难分之际,我仅仅是一句话,他顿时就乖起来了。妻子说:"这是怎么回事?他不怕我。"我说："要别人怕，嗓门高了不管用，打个不恰当的比方，哑狗最凶。"她说："你在家待着，我心神就定了。"

妻子对儿子说："你爹死了，你就不流眼泪？"儿子沉默着，一声不吭。妻子又俯在我的胸前哭起来，哭得更厉害了。我已经没有办法劝她。我躺着不能动。我的嘴、手都僵冷了。妻子就说自己的命苦，儿子没良心，你死了，儿子连一滴泪都不肯流。其实，我也想明白了。死了，眼泪像倾盆大雨也救不了我。他没眼泪是他的事情，妻子哭着哭着就不动了。

我的骨灰盒就放在卧室的壁橱里，壁橱没有门。盒子里黑咕隆咚，没有白天黑夜的概念，我凭着外边传来的声响判断时间的进程。其实，时间不是展开的，而是一个圆圈，或说是漩涡，始终在原地打转转，像钟表。于是，我听到娘儿俩又争吵开了。儿子很凶，妻子不示弱。脚步声进了卧室。我知道妻子撤退了。儿子逼进来。儿子说："你给不给？"妻子说："给过你，还多给了一张。"儿子说："你现在给不给？"妻子说："我一个人的工资，哪经得住你这样花销。"

儿子在讨钱。儿子说："我是说，你给不给？"我居住的盒子倾斜了，我知道盒子底下压着第一张留言条。妻子说："给，你看看，你爹留给你的。"好像我刚出门有事，留个条子关照家人。儿子嘀咕了句什么，我没听见。妻子说："按你爹的意思，每个月初给你，多多少少都在这儿了，你自己节约着用，我是工薪阶层，水电、煤气，你的学费，样样都要开销。"

我舒了口气。我的权威仍然存在。不过，接下来的冲突，接二连三。我发现一个规律，开始间隔的时间还长——我想着留言条的奏效——但渐渐地，周期缩短起来。我预先写下的留言条一张一张地抛出去，有点减缓不住那频繁出现的矛盾的节奏了。何况，矛盾比我想象的还要恶化——虽然我预料了可能出现的局面，儿子似乎看穿了我的伎俩（实在是我的一番苦心良言），更加有恃无恐了。

他说："这回，你还有什么留言条。"儿子不知啥时候取走了压在盒子底下的最后一张留言条，这样，儿子的口气十分强硬。我已经不知道家里究竟发生了什么事情，到了什么程度，我仅仅凭着妻儿在家里发出的声音知道目前的境况，而且更大空间的背景我一无所知。我已离开阳间一年光景了。

妻子说："你把盒子底下的留言条拿走了？"儿子说："那又怎么样？那不过一个纸条、废纸条，他走都走了，还想统治这个家？"妻子只有哭，说命苦，前世作了什么孽，弄得这个家不太平。我想，儿子的眼睛一定发出了绿莹莹的光。妻子曾说过，那光很可怕。现在，妻子没声音了，我想是那绿色的目光的作用。我想起我小时候夜间走过坟场，坟堆间闪动着的磷火（我那时称它鬼火）。

我实在看不下去了（其实我看不见）。我在世时，我这么出面说一句，矛盾就会平息。可是，我现在既出不了面，又发不出声音。我是盒里没有形体的灰尘。于是，我感到了地震，实际上是盛装我的盒子搁在一个车上（大概是儿子的自行车），我颠簸着。我是粉末，我再也不知什么，只感到混沌一片，我担心盒盖一旦打开，我会整个地飞扬出去，像风中的沙尘。我安顿下来，凭着颠簸的时间（这时感到时间展开了，像回旋的河流奔向前方）。我猜我来到了殡仪馆。我的新居，邻居都是骨灰盒，相互不知。我疏漏了，应当有一个留言条，明确骨灰盒应当放在家里。我当初还没料到这一步，况且，人死了，在哪儿不都一样？只是，我这个家有着特殊性。我相信妻子会这样做,现在,她已无能为力了。她只能时常来探望我,叙说一番,当然还有她的处境。我能说什么?我只有担忧。

选自:小小说集《疾病表演者》,列入百年百部微型小说经典,由四川文艺出版社 2012 年 2 月出版

被偷换的躯体

昨天早晨，我睡过了头，醒来，我去洗脸，对着镜子，我发现镜子里是一张陌生的脸孔。我没见过他。回头，我背后并没有站着什么人。我抹抹脸，镜子里的那个人也抹抹脸。

我知道，那个人是我了。可是，我不认识那个人。可能是那个人锁定了我，趁我入睡的时候，置换了我，这说明，我那个躯体还有价值。近几年，我很悲观，几乎对自己的身体丧失了信心，不是这疼，就是那疼，疼得我想，是不是死到临头了。

我还想，像串门那样，梦里，我进入了另一个躯体，还没来得及退出，就醒了。不过，凭外形，我还是喜欢这个崭新的躯体，起码，他魁梧、英俊，像个男子汉。原来那个我的躯体，根本没法跟他比。何况，我一下子年轻了十岁。

我想象我能吸引多少女性的目光呀。我穿着停当，出门。仿佛一个热播的电视剧，测试收视率，我直接去了繁华的街道。我信心满怀：短期内可以结束单身生活了。

我听见背后有人呼喊，不是我的姓名，但是，我看见前边的人回头注视我，我觉得那呼喊跟我有关系了。

两个人朝我招手，还说："赵吉生，你把哥们儿忘了？"

我转头巡视，确认了确实在喊我。我想，我现在居住的这个躯体，一定跟他俩交情甚笃。我微笑着点头。

两人过来，说："你发财了吧？捞了一把，就不见你身影了，你该请我们撮一顿。"

我说："改天吧。"

两人说："你可别耍赖哪。"

我说："不至于吧？！"

两人说："你文绉绉起来了，嗓门细了。"

我故意扯扯喉咙，说："这两天，我有点不舒服。"

我敷衍了一会儿，赶紧进了商场。我佯装挑选食品，我琢磨：那个人到底是谁？我怎么换进了他的躯体里？他一定想甩掉它。我不大跟人交往，现在，突然冒出了"哥们儿"。那个人肯定喜欢热闹，这倒弥补了我的缺憾，我挺满意。

我时不时地整理衣服，似乎我还不适应这个躯体。我拿了一瓶酒、一包牛肉干——这两项，我一向不沾。我的肚子饿了，或者说，他的肚子饿了。我居住的那个人的躯体产生了进食的欲望。

我几乎是跑着来到离商场不远的一个公园（公园是街边旧房改造后所建），坐在长条椅上，喝酒吃肉，大大咧咧的姿态。我绝不会在大庭广众下吃什么，这可能是那个人的做派。我猜，他似乎饿了好几餐吧。

我确实察觉无数目光投向我，女性居多。我自得意起来，仿佛从老房子迁入新楼宇那样。吃着喝着，我的手，我的嘴慢慢打住。一个温柔的目光，像阳光一样照耀着我。

我看见一个妩媚的女性翩翩而来，叫了我的名字，不，是前边那两个人呼喊过的名字。我似乎已接受了那个名字。我望着她，如同一天晚上看夜空中的星星，看着看着，星星沿着我视线的轨道滑降下来。

她说："我一直在找你，我以为你离开艾城了。"

我说："找我？"

她说："你把我忘了？"

我说："忘了？"

她坐在我身旁，说："你的眼神告诉我，你已经忘了我。"

我说："是吗？"

我不知她是谁，肯定跟我住进的这个躯体关系非同一般。我冲动起来。

她稍稍挪开，说："这种场合不行。"

我说："我很高兴见到你。"

她说："你在艾城，却不回来。"

我说："回来？"

她说："你一走，警察就来搜我们居住的房子。"

我说："哎。"

她说："你把事情摆平了？"

我说："算是吧。"

我觉得有点不妙。嫁祸于人，不贴切，或者说，他来了个金蝉脱壳。我这个人向来胆怯、安分，现在，莫名其妙地惹了麻烦。他一定是物色了好久，发现我是个不引入注意，被人忽视的人。

她说："你看，街上往往来来的人太多，还在看我俩，我们回去吧。"

我现在这个躯体,一定是她的丈夫,起码是情人,这家伙,艳福不浅,却把好端端一个女子晾着。我俩牵着手,起身。

我一愣。走不脱。面前,站着两个警察。远处,停着一辆警车,车顶的警灯,红红的,一亮一闪。

我说:"你们抓错人了。"

警察出示通缉犯照片。照片里的形象是我早晨在镜子里认识的那个人。

我说:"我被这个人换掉了。"

警察说:"跟我们走吧。"

一路,我比画着身体,我原来的身体,我现在的身体,当然,我还配了说明。

警察说:"你还会编故事?那你就不该盗窃。"

我说:"真的,真的是这样,我一早起床,发现自己被换了,我被偷换了。"

警察说:"真(蒸)的,还煮的呢,进去了再说。"

我的手腕已铐了手铐。我第一次接触这玩意儿。我哭起来,还吓得发抖,说冤枉哪。这一点,我肯定不像那个人。那个人的妻子(情人)含泪说:"我会去看你,我会请律师。"

坐进车里,我想证据,我不是现在这个我的证据。我发现,我提供不出这个证据。我还不熟悉这个躯体。躯体本身提供不出证据。我的户口簿、身份证是原来那个我的证据,说明不了什么,得有种必然的关系。可是,躯体一换,关系自然变更了。剩下的是那个人的妻子(情人),我俩的关系还刚刚起步,我的手上还留着她的芳香。

  这些，能不能作为证据？我是个被偷换的人。我请求找回原来的壳子，我认得出。

原刊：《山东文学》2011 年第 5 期

入选：《小小说选刊》2011 年第 16 期

《微型小说选刊》2011 年第 16 期

《2011 年中国微型小说精选》（中国作协创研部）

获奖：2011 年中国微型小说排行榜

第十届全国微型小说年度评选一等奖

羚羊寻父

一阵叩门声扰醒了我。天刚蒙蒙亮。我揉揉眼,我讨厌这种时候搅乱了我的梦。起初,我还以为是梦境的声音。

"谁呀?"我躺在床上冲着门喊。

"我。"

"你是谁?"

"开开门,就知道了。"

我听不是本地人的腔调。可他似乎有什么急事。门的下端"咚咚"响个不停,他用脚踢着门,我猜他腾不出手。我打开铁门,隔着一道防盗栅栏门,我看到他相貌丑陋,又是矮个,极力挺直着身子,却又站不直。我的远方亲戚、朋友、同学之中没有这样一副脸孔,嘴突起,他戴着一顶不合时令的帽子,帽子被什么撑着,距离头皮有些空间,帽子里一定藏着什么。

我说:"你找谁?"

他说:"爸爸,我找爸爸。"

我恼火了,说:"我不是你爸爸,你找错了。"

他很自信地说:"没错,他在里边。"

我猜他推销什么产品,或者……可没那么大胆,我打开了门,索性让他看个明白,何况,他不是我的对手——我第一眼就认定了这一点。我倒要瞧瞧他究竟有什么花招。我这个家没有值得他感兴趣的东西,我连自个都厌倦了。

他显得很有礼貌,走到我前边,说声"抱歉"。他极力咬字,却又咬不准。

我说:"你家在哪里?"

"可、可、西、里。"他一字一顿地说。

"那里有野羚羊。"

"不错。"

于是,我终于发现,他的长相跟那种动物有某些相似之处,大约那片环境塑造出了他这样的外貌。我相信环境决定了人。我打量着他,到底要弄出个什么名堂。他径直走进我的卧室。他望着床头墙壁悬挂着藏羚羊犄角。我相信它能带来吉利,一次出差,我购买了它。

他说:"那就是了。"

我惊愕了,说:"它是你的父亲,哦,爸爸?"

他的眼睛盈着泪:"对。"

"这么说,你,你也是……"

他摘掉帽子,头顶有两个犄角。他说:"这两年,我学了你们,你听懂了吗?我意思是,我学了,讲话,站起,不这样,我接近不了你。"

我听得很费劲,虽然,他不能用长句表达。我说:"你怎么知道是我,那么远,那么多人……"

他说："我梦见了，他喊救命，我先熟悉，你那一套，我接近你，就可能了，我不愿进动物园。"

他用的单数，实际"你"在他那是复数，指掌握了文明的人类，就像人类看它们看不出特征和差异那样。

他放下两手——前肢着地。我想，这不容易，我们的祖先进化之初，不是也要经历这道程序吗？我问道："你凭什么摸到了我这儿？"他冲着空气吸了吸鼻子，说："嗅觉，我的鼻子，灵敏，你这空气，闷，乱。"我打开窗："关了一夜，气体都发酵了。"我没说出"屁"来。但是，我轻松起来，我一向没这么放松过，我取下藏羚羊犄角，摆在他面前的桌上。我说："我仅仅是喜欢，我不知道它跟你的关系。我只知道它是吉祥物。"他指指自己，说："你，崇拜我……可我……"表达得艰难，或说，不便表达，我看出他很爱父亲，在那个环境里生存，他的父亲是英雄，我说："你打算，下一步，怎么办？"

我的语言发生了障碍，竟运用起短促的句子，好像我的头顶正在冒出犄角，我傻愣愣地摸摸头。我还真希望头顶长出一对威武的犄角，如同骑士的双剑。

他茫然地说："不知道，难回去了。现在，我，这里，不舒服。"他指着腹部。我取来了胃病药物。我说："你留下，住在这，做个伴。"

我察觉了他的性别——用人称"她"为妥，她显得羞涩、温柔。她说："能行吗？"我站起来，像制订一项伟大的规划，我激动起来（我还能激动吗），我说："这么吧，我教你，弄不好，你写你们那里的生活，能轰动整个人类呢。"她说："试试看吧。"她的手一直抚着父亲的犄角。

我的设想是，她在城市的环境里逐渐进化——她的犄角退化了，那就是她出入公开场合的时候。我可以开爿店，凭着她招徕顾客，我甚至可以挑明她的真实身份，人类一定来看稀奇。我安顿了她，关照她别出门。

可是，一个礼拜之后。我在城里忙乎着物色临街店铺，我回来，已接近零点了，她不在了，桌上，留了条子，像小学一年级学生的笔迹，却写得认真。她称我"哥"，写了几个字：我回家了。我不吃有油的草，我不愿成为食肉动物。

那是没有房子的家，而且，她把我（我们人类）当做"食肉动物"了，又把蔬菜当做"草"。大概她察觉了我这些日子的忙碌关系着她的命运。挂在她那间卧室墙壁上的犄角不见了，我料到了，那是她的父亲的犄角，包括一个头骨，都连在一起。我赶到火车站。夜班列车已经开出有一个小时了。我诅咒了一阵。我看不起自己了。好像对面站着一个我，我说："你搞什么名堂？！"我知道，人类和动物有史以来首次可能实现的沟通，都败坏在我的手里了。

原刊：2002年第6期《小小说月刊》

陆地上的船长

早晨，太阳刚刚升起，他便站在晒谷场上，一只手叉在腰间，一只手一挥，像一个指挥千军万马的将军，他喊："起锚，出航！"

爹叹了一口气说，疯子的船又出海了。

我好奇地望着他。我没见过海，没见过航船。他迎着照进山岙里的阳光，穿着整齐的制服，很威武，很气派。阳光勾勒出他的剪影。

晒谷场周围是一块块水田，绿茵茵的连向山岭。接着，他开始踱步。我观察了好些天，他从晒谷场的东头慢慢地走向西头，沉思的样子。晒谷场铺着水泥。

我发现，他绝不多走一步，接近晒谷场的边缘，他又折回身，继续走。他的皮肤黝黑，不是山民那种黑，是海风吹出的黑，父亲告诉我。我想象着大海无遮无拦的阳光。

他走得那么准确。爹说他那条船跟晒谷场差不多大。那么大一条船，我想，一个移动的晒谷场，周围的绿田不是像平静的海水吗？

爹说，别去打扰他，可怜的船长，一个失却了船的船长。我对他生出敬意，他的身材魁伟，把那一身制服撑得板板直直，好像挂在衣架上那样。

太阳不知不觉升起，有一笔竿子高了，他仍重复着踱步——那是他在甲板上散步。我希望他脚下的晒谷场能够航行。他踱步的时候，晒谷场仿佛在飘移。他的制服衣襟在山风里猎猎抖动。

可是，天阴下来了，不知哪里钻出来了乌云，发酵似的膨胀，遮住了太阳。他停下脚步，四处张望，甚至，双手圈成两个圆，罩在眼眉前。父亲说那是他的望远镜。

爹示意我们——村里的几个小伙伴都来了，他们想嚷嚷——不要出声，其实，我真想赶过去，登上他的船。

他举起双臂，说，全体注意，风暴来啦，各就各位，保持航速！

我们乐了。他焦忧不安地跑起来，跑到船头——晒谷场的东首，他用脚踢踢摊在地上的稻谷，说赶快采取措施，海水漫进舱里了。

他开始寻找什么，大概是桶之类的东西，舀海水。他忙乎着踢稻谷，金色的稻谷飞起，我的娘撩起围裙揉在手里，对我的爹说，你去劝劝他，这样糟蹋粮食。

他喊："快，水泵！都躲起来干吗？"他四顾着，像是寻找想象中的船员。我们沉不住气了，真想赶过去帮他一把。

他冲着我们喊："胆小鬼，你们丢下船逃走呀？你们过来！我命令你们过来。大海可饶不了你们！"

我瞧了一眼爹。爹低声说："别过去，他疯病发了，发过一阵就会好转呢。"

我真想过去支援他，他需要帮手。我见他像热锅上的蚂蚁那样，在晒谷场上疯狂地奔跑，我真不忍他那么孤独，可能我们过去，能够安慰他——他是我们家庭中唯一见过大世面的人物了，我曾因我这个二叔自豪，可是，他回来的时候，人家指着脑袋说他受了刺激。

他终于停下来，哭腔哭调地说："沉了，沉了，我们的航船，沉了，你们都逃吧，鲨鱼不会放过你们。"

据爹说，他那条船，在一场海上风暴里航行了一天一夜，最后，接近了一个无名小岛，触了礁。

太阳钻出乌云。他的声音低下来，说沉了，沉了。似乎在念咒语。我看着环绕着小山村的山岭，好似晒谷场在下沉、下沉。

他走出晒谷场，朝我们走来——登上小岛。他的神色又恢复了正常，像经历了一场海上风暴，现在，他的表情呆滞、淡漠。他根本没看我们一眼，似乎我们不存在，他穿过我们中间，径直地走进他的屋子。

我们踏上了他的航船——晒谷场，整平了踢乱的稻谷。我学着他的样子，在场上走，想体验当船长的感受。这是我出生以来看惯了的小山村——晒谷场，可是，刚才（每天他都要演绎一场出航的仪式，只是今天意外，出现了阴天）那场"沉船"的风暴就发生在这儿。大海无情，我想着遥远的大海，我长大了一定要去见识大海！

原刊：2002 年 10 月 18 日《中国海洋报》

入选：《小小说选刊》2003 年第 1 期

获奖：全国海洋文学征文大赛一等奖

哭　婆

那天，我正在外婆家院子里捉蝴蝶（梨花开了），阿婆来了。她放下手中的编织袋，抱起我，亲一口，说喷喷香。我挣脱她，不肯让她亲。她身上有一股难闻的味道。还有，她的脸布满干巴巴的皱纹，像图片中断了流的河床。她说阿祥又长高了。

阿婆好久没来了。我出生时，她给我喂奶。我妈妈没奶水。阿婆说，现在城里的女人怎么了，生了孩子不出奶。我吃她的奶，长得白白胖胖。这都是外婆告诉我的。外婆、妈妈都叫她阿姨，我也跟着叫她阿姨。外婆说你要叫阿婆。于是我开始叫她阿婆。她会说农村的庄稼长势怎样。

她每次来，总会带些农村的物产，西红柿、茄子、生菜、番薯、芋艿……反正不空手。她说放心吃，没打过农药，都是自家地里的东西。那天，她带来了萝卜，萝卜的脑袋还长着缨子、尾巴须还带着泥巴。外婆已卧床不起，说阿姨，叫你操心了。

她说好久不来，就想。

妈妈给阿婆沏了茶。阿婆问候了外婆身体。外婆说这回起不来了。

说到起不来，阿婆安慰外婆说，她丈夫躺在床上二十多年再没起来过，吃喝拉撒都靠阿婆伺候，她还要出来挣钱养活一家。现在晚上睡觉，浑身酸疼。阿婆讲她的大半辈，就那么几句话，几句话就把几十年说清了，太简单了。我爸爸妈妈常常设想我的未来，要怎样怎样，会怎么怎么，反正都是有出息的前景。我要做出几句话说不清的出息，像一本一本书里的故事，讲好几天讲不完，讲几个月，讲几年，讲得人们都羡慕。

阿婆的经历，跟她脸上的皱纹一样，干巴巴的没啥故事。她说，我担心，哪天我起不来了，我家老头子可怎么办？连给他哭哭的人也没有。

她和外婆东拉西扯地说着。她说过去我还能给别人的孩子喂奶——当奶娘，现在，我这个老太婆只有帮人哭哭了。

外婆说，我要是去了，你一定要来。

阿婆说，你有福气，不会走得那么快，你愁个啥。惠凤来个电话，我就来。你别往坏处想，我家老头子躺在床上，能吃能睡。我就给自己打气，我可不能走到他前头了，这是我的命，他走了我再走。

从妈妈的话里我听出，阿婆常进城里，哪家有丧事了，当哭婆。我从没见过阿婆哭，她流眼泪是什么样子？那纵横着皱纹的"河床"又有了水。据妈妈说，阿婆现在哭丧已很有名气——创出"名牌"了。阿婆说城里人心硬，哭也哭不像样了。她甚至说她哭起来，像领唱——不，是"领哭"。她哭起来后，请她去的一家子才会哭开来。

所以，一传十，十传百，有了丧事，就联系阿婆出场。据妈妈说，阿婆到了场，那家的丧事就办得相当体面。活人哭，不是哭给死人看——死人什么都不知道；是哭给活人看——哭得隆重了，人们会说那家的晚辈孝顺。

听了阿婆哭的事迹，我想象阿婆哭起来的模样。我试着重现阿婆可能有的哭相（妈妈说阿婆的脸有苦相），趁没人的时候，我模仿哭，可是，怎么也出不来眼泪，至多有哭的腔调，我忍不住笑起来。我受委屈的时候，会哭，不过，我喜欢笑，不用发动，我就轻而易举地笑出来了。爸爸妈妈给我描绘的我的前景，都是充满了笑。

秋天，外婆让我将院子里摘的梨按往常的习惯，分别送给邻居尝一尝。这棵梨树是外婆小时候栽下的。我外婆说她熬不到过年了。那天晚上，像往常一样，没异样的响动。早晨，我听见妈妈的哭声。外婆去了，脸上很平静。可能外婆半夜一口气没喘上来。我想起外婆的话：人活着就是一口气。妈妈打电话给阿婆。阿婆家还没装电话，托村里的邻居转告阿婆。阿婆赶来了。

外婆的寿棺已摆了出来，外婆躺在一张床上。我熟悉的或陌生的亲戚都陆陆续续来到了。他们相互交谈，声音很轻，仿佛不忍打搅了外婆（以往，妈妈常提醒我：你轻些，别打搅了外婆）。我想，他们怎么不哭？

阿婆突然进来。我只是听到哭声，循着哭声看见了阿婆。她一进门，就俯在地上。老房子还是泥土地，她的手交替地拍打着地，又哭又喊，似乎要唤醒外婆。

我躲在亲戚的后边，隐隐约约听着阿婆哭诉的话，有板有眼，而且配了她的哭腔哭调，像是唱词，起起伏伏，这是阿婆自己的哭谣。词顺口、简洁、朴实，还有外婆生前事迹的概括，似乎这么好的人怎么说走就走——舍不得外婆走。

阿婆这么一哭，哭到了每个人的心里，于是，像传染一样，哭声响起，逐渐升高。我也哭起来，哭得一把鼻涕一把泪。等到亲戚们停息了哭，阿婆的哭声就又显出来了。阿婆竟像失却了她的亲戚那样哭个不停。我妈妈搀扶起阿婆，说阿姨，起来，歇歇。

阿婆立刻止住了哭。她抹抹泪，又去干其他的事儿。还指挥我妈妈要做什么，该怎么做，考虑得周密细致。按妈妈的说法：幸亏阿姨在，角角落落的事情，该忖到的她忖到了，忖不到的她也忖到了。外婆的故事结束了，我的故事好像要开头了——那么多亲戚都把希望放在我身上，说一看我就是一个有出息的男子汉。

外婆出葬后，阿婆又在我们这儿收拾了一天，她还预先安排了"做七"的事务。过后，我想，我第一次见识阿婆那么能哭，好像一辈子的苦借这个机会哭出来了，似乎那不是职业性质的哭。她的哭获得了四邻的赞赏，我的爸爸妈妈也得到了称赞：老人，活了一辈子，死后有子女这样孝顺，是安慰呀。我总觉得，阿婆哭的是她自己的"苦"。邻居家一个常玩电脑的人说，外婆的丧事，给"哭婆"提供了一个哭的平台。

原刊:《小小说选刊》2011 年第 2 期

一封家书

收到儿子的第一封信，全家都沉浸在喜悦之中，轮流读了一遍。第二天，说起来，又轮流读了一遍，因为，信的内容不过两行字，本来，一行就可以，却松松散散拉开了字的间距，占了将近两行，这一点，符合儿子的性格。轮流读了之后，又座谈式地议论，一致认为这封信似乎没说什么，"我在学校一切都好，请放心"，接着是一句问候和祝愿。信的抬头是：外婆、爸爸、妈妈。

妻子说："概念化。"我笑了，说："你们像接圣旨一样，他能写来这封信已经很难得了。"这封信是应儿子的外婆之愿所写。外婆很快发现笔迹不对，说："他的字迹不是这样。"

我说："大概到了学校，有长进了。"我们三人打赌，我坚持是儿子的亲笔信。可是，岳母找出了证据，她保存着我儿子高中的作文簿。我还是咬定：几十个字，他不可能让同学代笔。

岳母甚至猜测他在校是不是出了什么事，无法执笔写信。我说怎么可能？妻子也说越看越不像儿子的笔迹。我说事物都在发展，他进步了，应当高兴。我还说，老年人总把事情往坏处想，而年轻人则把事情往好处想。

过了一个月,岳母还重温我儿子的信,她似乎要读出信的内容没写出的部分。确实儿子的信简单、枯燥,好像是千言万语汇成一句话。但是,也不能说没有应付的味道。

岳母的猜测逐渐丰富起来。难怪呀,儿子第一次出远门独立生活,外婆怎能不操心,她操心惯了,我儿子去那么远读书,她有点"下岗"的感觉。她看电视,已关注外孙所在的城市的气象预报,气温下降,她担心他是不是感冒了,又落实到笔迹问题。

我给儿子打了电话(专门给他配备了手机),说:"你再给外婆写封信吧。"果然,那封信是儿子让同学代笔。我关照:"这回你自己写,大学生了,信还让别人代笔,像话吗?"他说:"不是有了一封信了吗?"不过,他还是承诺:"好吧。"

岳母就开始等待信的抵达。妻子发短信:信何时发?儿子回复:正在写。过三天,妻子又一个短信:告诉发信时间。回复:今日寄。

岳母计算信在途中的时间(参照第一封信),十天以后,已经是热锅上的蚂蚁了。我取楼下信箱的报纸,都没有信件。我悄悄打电话问:"到底寄出了没有?"儿子说:"爸,我发伊妹儿吧。"我说:"外婆就等你的信了,还是来手写的信吧,说定了。"

我知道儿子已经陌生纸媒,他敲击键盘十分熟练,像饿了的鸡啄米粒。我对岳母说:"大概邮路出了问题,再等几天吧。"

岳母要我购一把锁。她说:"信箱没锁,不是让别人取走了吧?"我说:"又不是商业机密,别人没兴趣。"岳母举例,说上回楼上有人取了你的信,还拆开了,再送回来。我说:"偶然投错了信箱的事也可能发生。"

我还是买了一把锁。等候了一个礼拜，岳母又提起信，她说："恐怕别人已经取走了，拆开了，不好意思还。"我说："反正没有什么重要的内容，慢两天也没啥。"

我和妻子共同隐瞒着儿子未发信的事实。妻子频繁发短信。儿子索性不回复了，是在回避。我说："别为难他了，现在，有几个人还寄手写的信？儿子离开了电脑就不行了，连我们机关都在推行无纸办公呢。"

我还是打了电话。我知道绕不过去，岳母看了我儿子的亲笔信，才得到安慰，获得满足，仿佛外孙来到她身边。我说："无论如何，你不能拖了，你外婆睡觉都不安稳，失眠了，一封信，这么简单的小事，就这么难？"

晚上，儿子打来电话。他一个礼拜，总会来个电话，还点名要让外婆听电话。他的习惯问候是：都好吗？而且，一一问候。他对外婆说："我这都好，你放心睡好觉。"外婆说："信寄出了吗？"

儿子说："我已经寄出了。"过后，我证实，确实寄出了。儿子不知道他的信的分量（对外婆来说）。我强调："你自己写，字丑没关系。"

岳母开始倒计时，我看出，那信，对她来说，像是逐渐走近的外孙——一步一步，一站一站地往家走。岳母不知打哪儿弄来了飞机、铁路交通地图，推断着信件的运行路线和时间。

七天之后，是个星期天，下午三点，妻子下楼，上来的时候，没进门，就喊："妈，信到了。"

岳母用剪刀小心翼翼地剪开了信封。她第一个阅读，好像信里通报了最新感人信息。她说："这是外孙的字迹了，还是那么幼稚。"

我一眼扫过信的内容，说："题材雷同。"两封信竟是同样的表达。只是附了一张课程表。岳母说:"要学那么多东西呀?别用伤了脑筋。"

妻子说:"他什么时候用功过。"我说:"玩电脑他不是很投入吗?不写信了,你们牵挂,来了信了你们又挑剔。"岳母说:"该写的具体点好,字迹已经端正了。"

我打电话去,表示祝贺,还鼓励了一番,传达了外婆读了信的反应,我说:"看到了你的信,外婆睡觉都在笑呢。"我要求儿子隔一个月,给外婆来封信,题材不限,随便写点你的学校生活。儿子说好吧,他尽力。他那口气,似乎是我硬把他往纸媒时代拽。

原刊:《家庭教育》杂志 2012 年第 3 期